百鬼夜行誌

幽遊卷

阿慢 著

眾人氣圖文作家～接受挑戰推薦序！

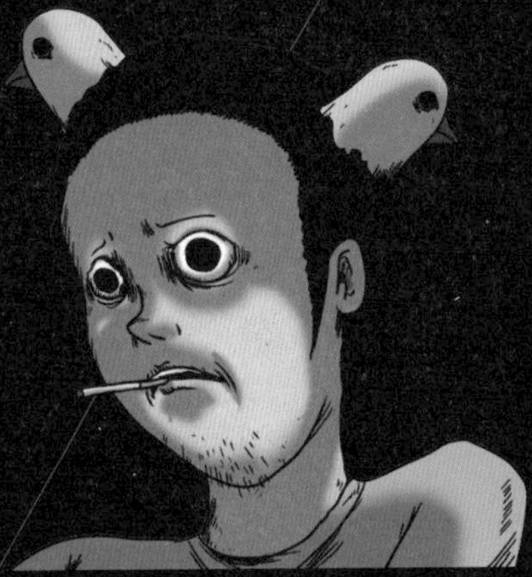

茶朝

看阿慢的漫畫，記得要先包尿布！

爵爵 & 貓叔

既期待又怕受傷害～這是我看過最有趣的恐怖漫畫！有種想上廁所、冷氣又開太強，雞皮疙瘩之餘又能通體舒暢的感覺！
不過阿慢……每次都裸體現身這樣好嗎？（嚇到噴鼻血）

HOM

我都在夜深人靜，只開一盞燈的閉關狀態看阿慢的漫畫——覺得心曠神怡，爽快自在！

Nikumon

發掘童趣裡的恐怖，還是會忍不住繼續看下去吶！

四小折

每逢佳節倍思親，每年鬼月看阿慢！

前言

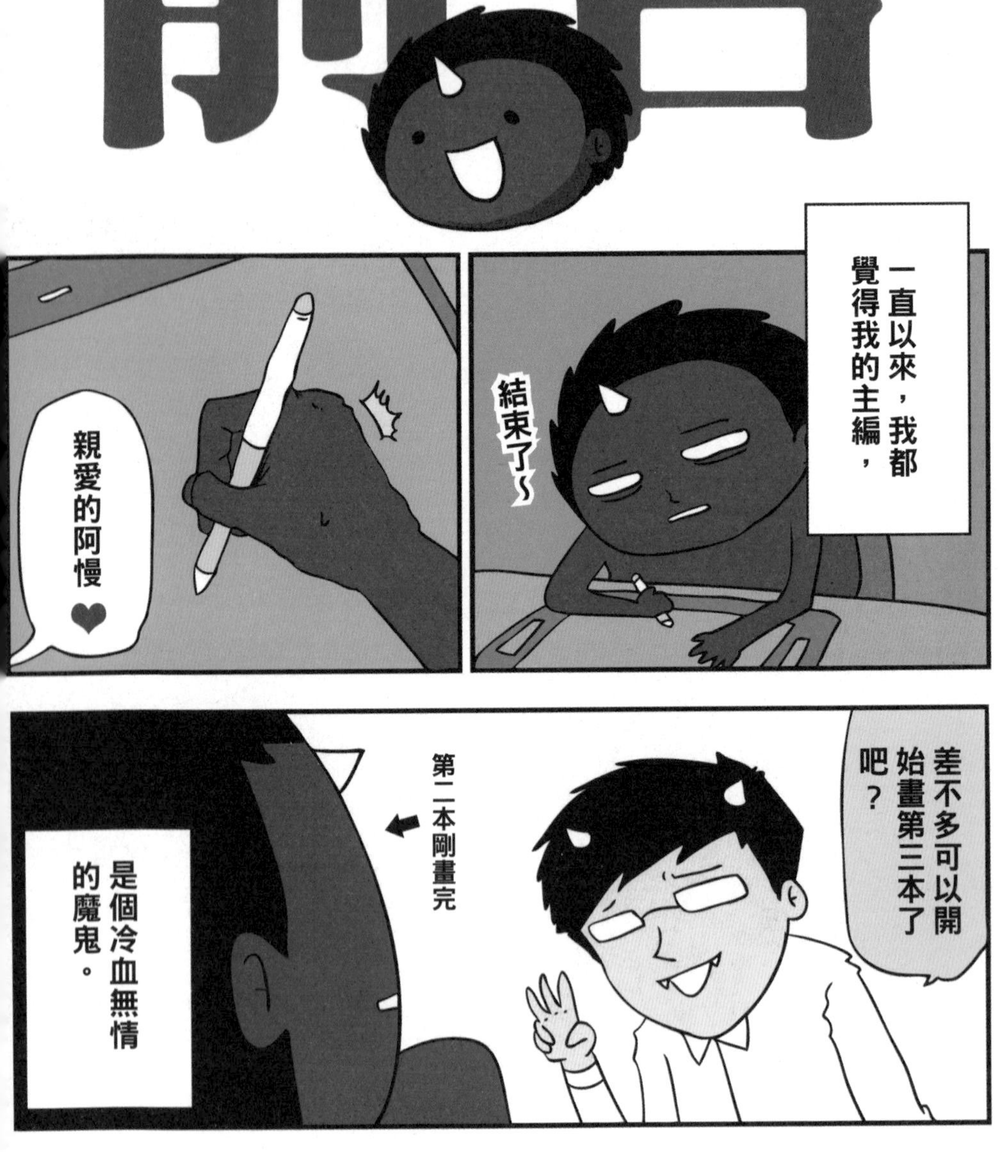
一直以來，我都覺得我的主編，
結束了~
親愛的阿慢❤
差不多可以開始畫第三本了吧？
第二本剛畫完
是個冷血無情的魔鬼。

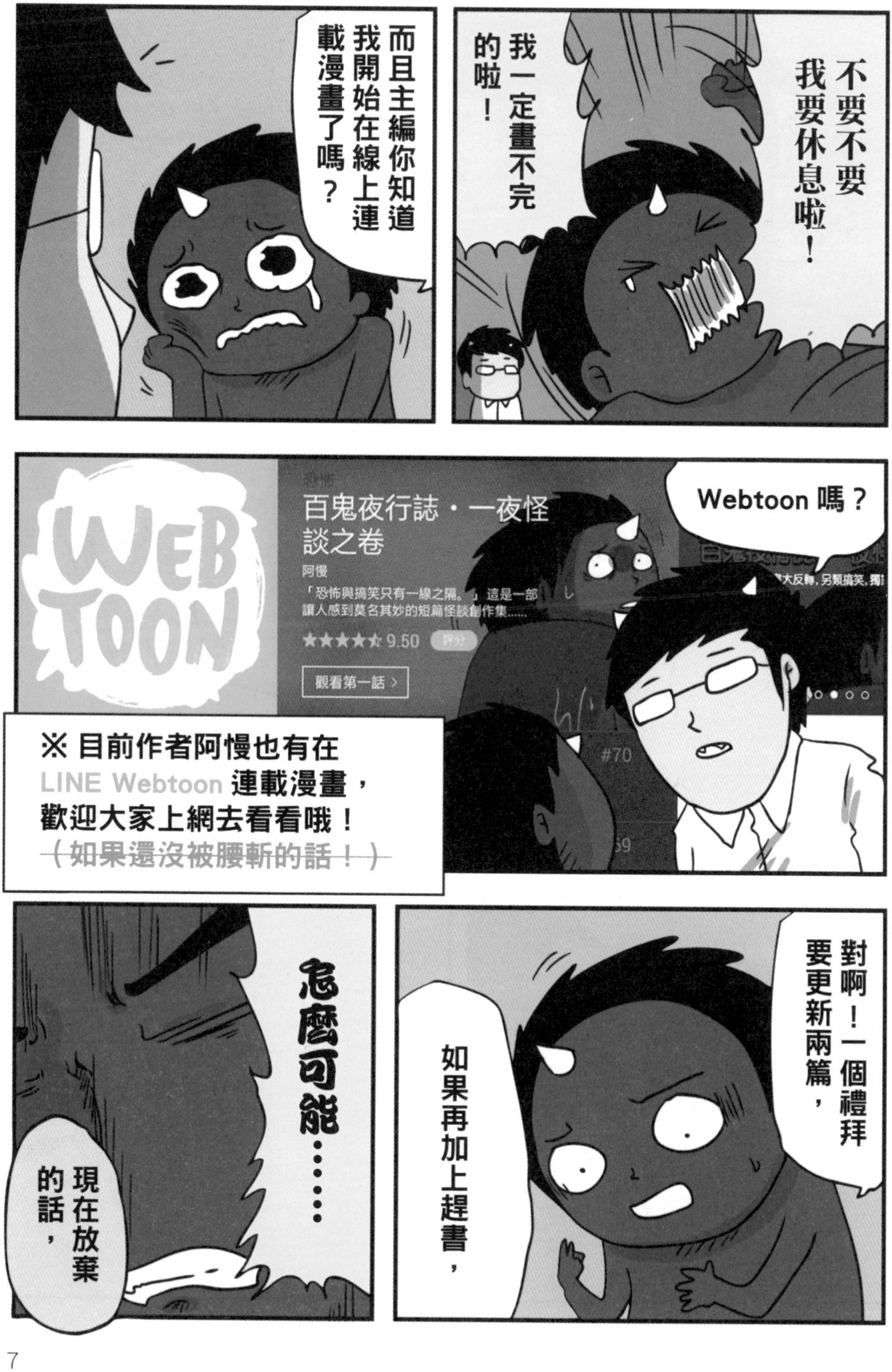
不要不要我要休息啦！
我一定畫不完的啦！
而且主編你知道我開始在線上連載漫畫了嗎？
Webtoon 嗎？
WEB TOON
百鬼夜行誌・一夜怪談之卷
阿慢
「恐怖與搞笑只有一線之隔。」這是一部讓人感到莫名其妙的短篇怪談創作集......
★★★★☆ 9.50 評分
觀看第一話 >
#70
※ 目前作者阿慢也有在 LINE Webtoon 連載漫畫，歡迎大家上網去看看哦！
~~（如果還沒被腰斬的話！）~~
對啊！一個禮拜要更新兩篇，
如果再加上趕書，
現在放棄的話，
怎麼可能……

比賽就結束囉！
你誰啊？
你有想過他們的心情嗎？
你想想看，

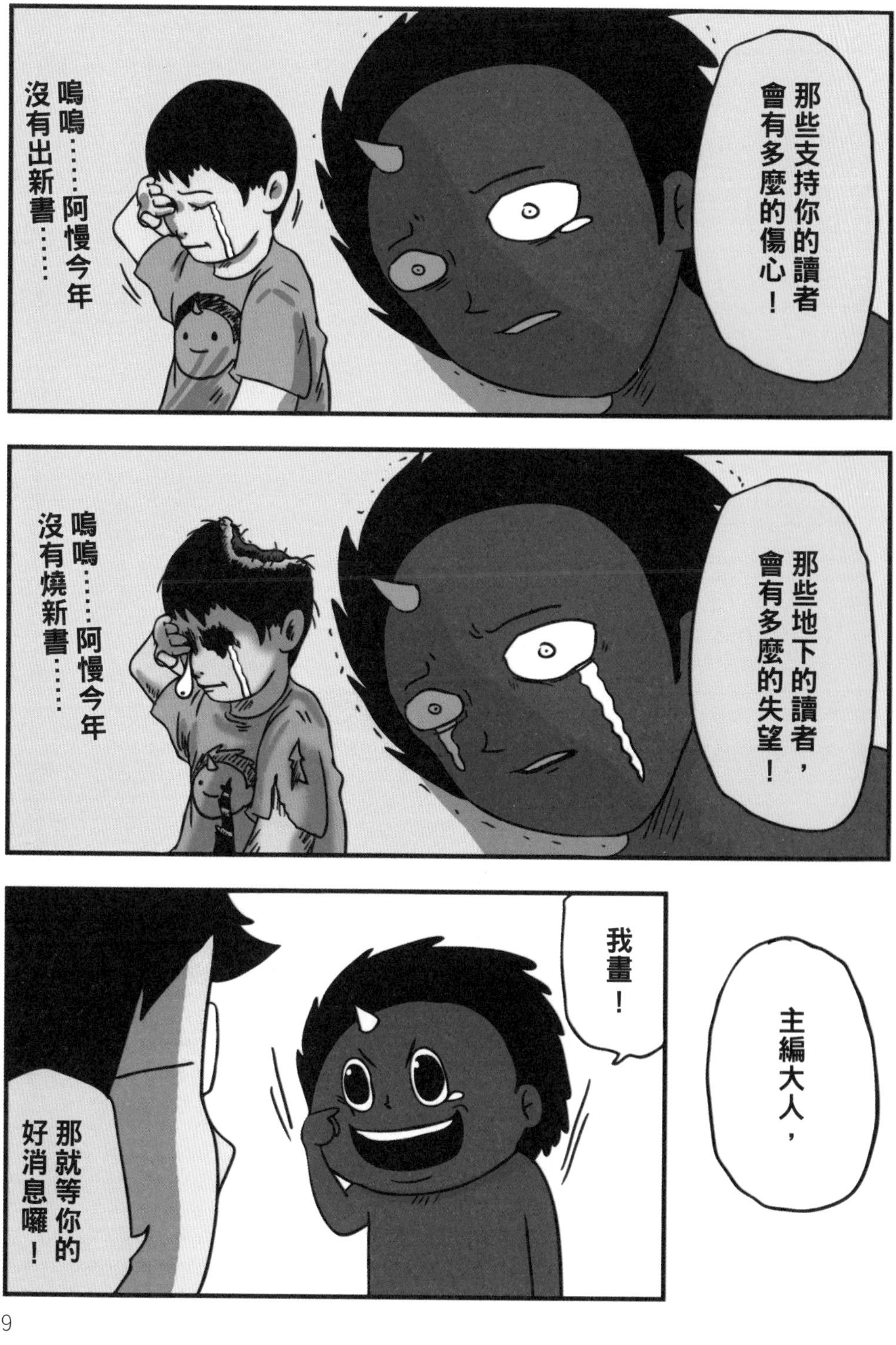
那些支持你的讀者
會有多麼的傷心！
嗚嗚……阿慢今年
沒有出新書……
那些地下的讀者，
會有多麼的失望！
嗚嗚……阿慢今年
沒有燒新書……
主編大人，
我畫！
那就等你的
好消息囉！

隔日
……
等我意識到不對勁時，第三本書就這麼開始了……

哈囉～大家好，我是《百鬼夜行誌》的作者，
我是阿慢！

大家有聽過什麼樣的「禁忌遊戲」呢？

我小時候最常聽到的，
就是碟仙、筆仙等降靈遊戲。
當時在我的班上也很熱衷這類型的活動，
雖然大部分是鬧著玩的，
不過玩出「事件」的，也不是沒有喔……

本書收錄了一些民間流傳的禁忌遊戲方法，
是不是真的，也無從考，
但我還是要嚴肅奉勸各位——
千萬不要玩！

如因模仿遊戲內容，發生任何恐怖靈異事件，
本書概不負責！

準備好了嗎？
那麼就翻開下一頁，慢慢享受這本不可思議的漫畫吧！

百鬼夜行誌

幽遊卷

目次

打小人

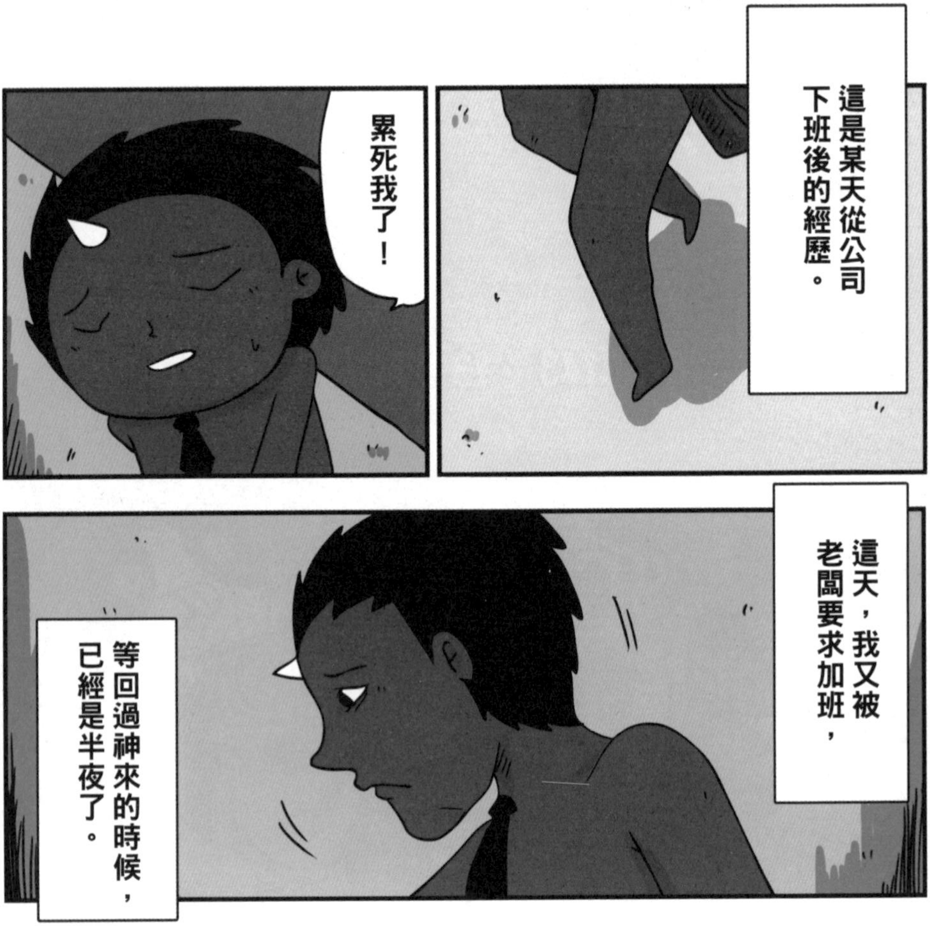
這是某天從公司下班後的經歷。
累死我了！
這天，我又被老闆要求加班，
等回過神來的時候，已經是半夜了。

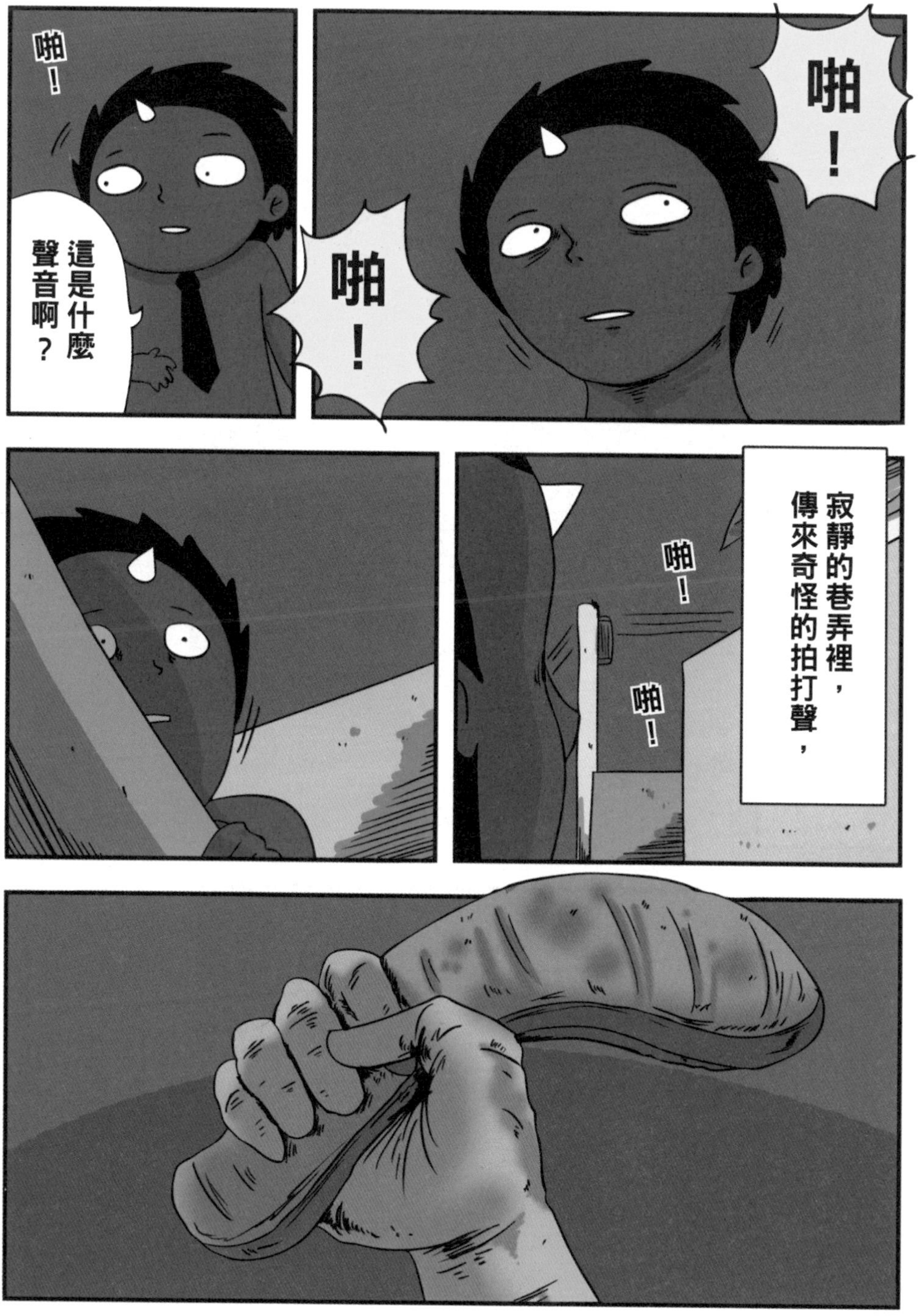
啪！
這是什麼聲音啊？
啪！
啪！
寂靜的巷弄裡，傳來奇怪的拍打聲，
啪！
啪！

巷弄的路口邊，
有個老婆婆，
啪！
蹲坐在地上，
手裡拿著鞋子，
不斷敲打著磚頭上
的人形白紙，
啪！

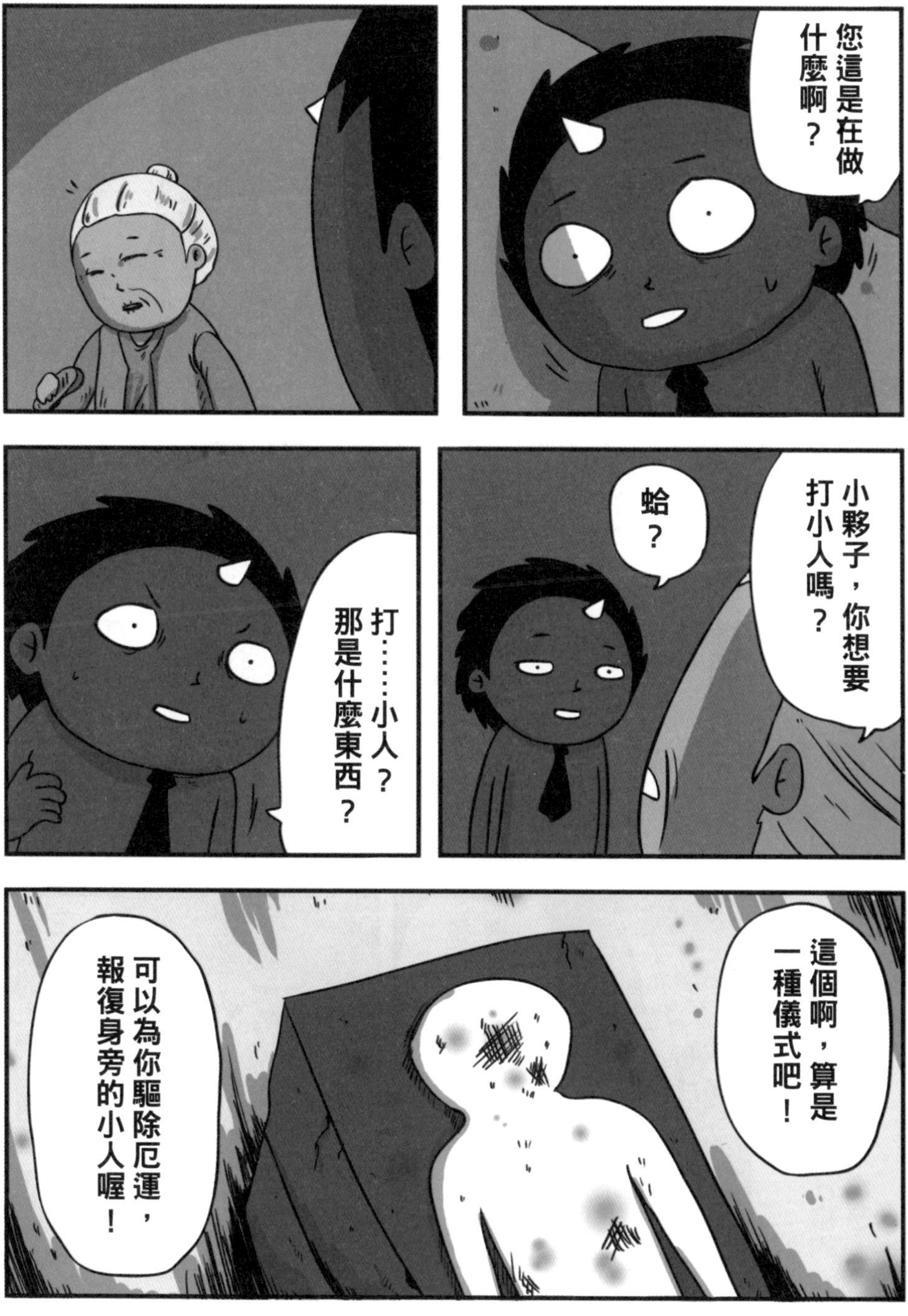
您這是在做什麼啊？
小夥子，你想要打小人嗎？
蛤？
打……小人？那是什麼東西？
這個啊，算是一種儀式吧！
可以為你驅除厄運，報復身旁的小人喔！

怎麼聽起來像是詛咒一樣……？
呵呵……
想要詛咒某人的話，也是可以的喔……
老婆婆邊說、邊拿起身旁的金紙香燭，
對著紅色神龕裡的觀音像膜拜。
以前的人們相信，在驚蟄日的時候，
冬眠中的蛇蟲鼠蟻會醒來破壞農作物，
更有許多骯髒汙穢的東西會跑出來作惡。

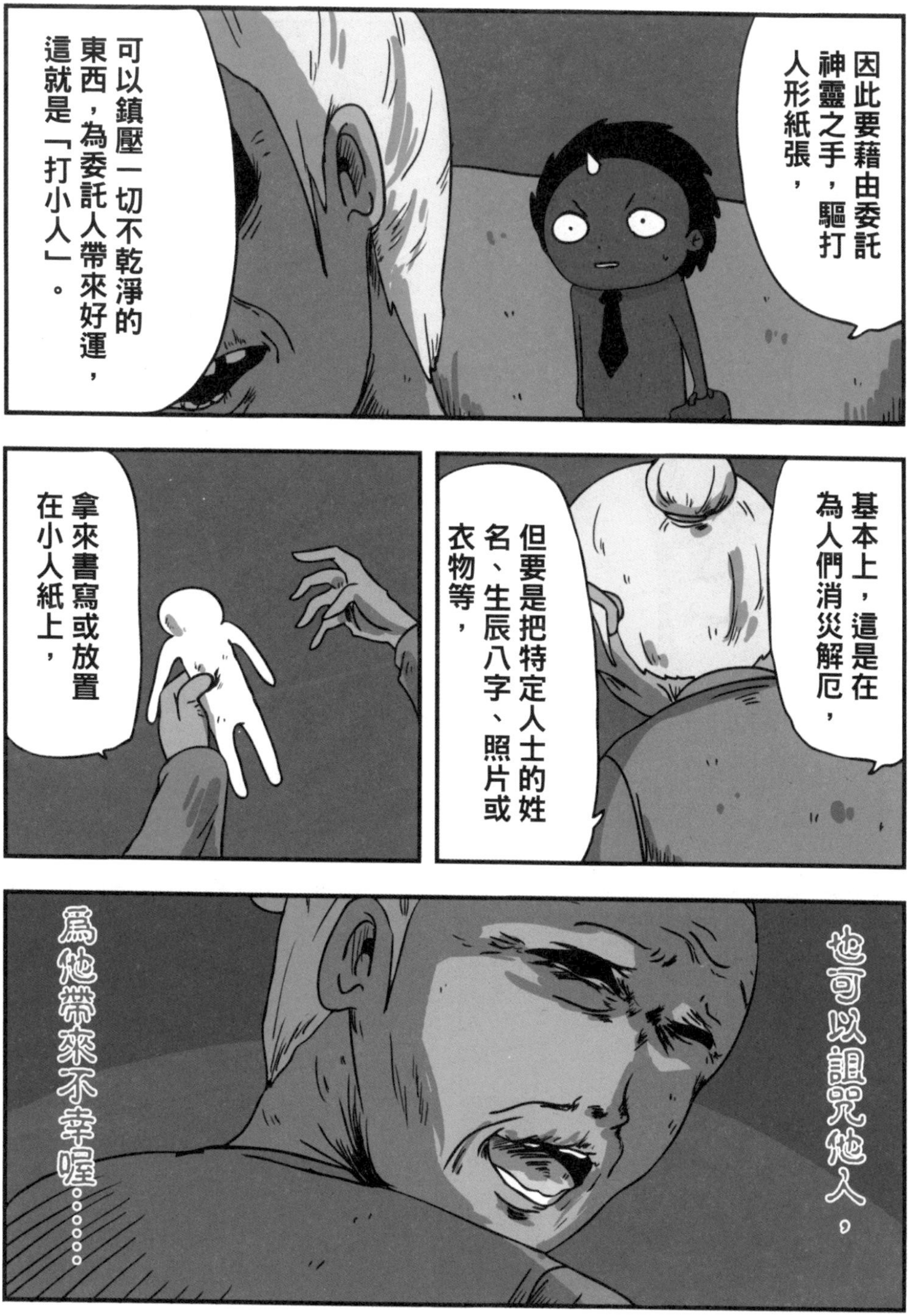
因此要藉由委託神靈之手，驅打人形紙張，
可以鎮壓一切不乾淨的東西，為委託人帶來好運，這就是「打小人」。
基本上，這是在為人們消災解厄，
但要是把特定人士的姓名、生辰八字、照片或衣物等，
拿來書寫或放置在小人紙上，
也可以詛咒他人，
為他帶來不幸喔……

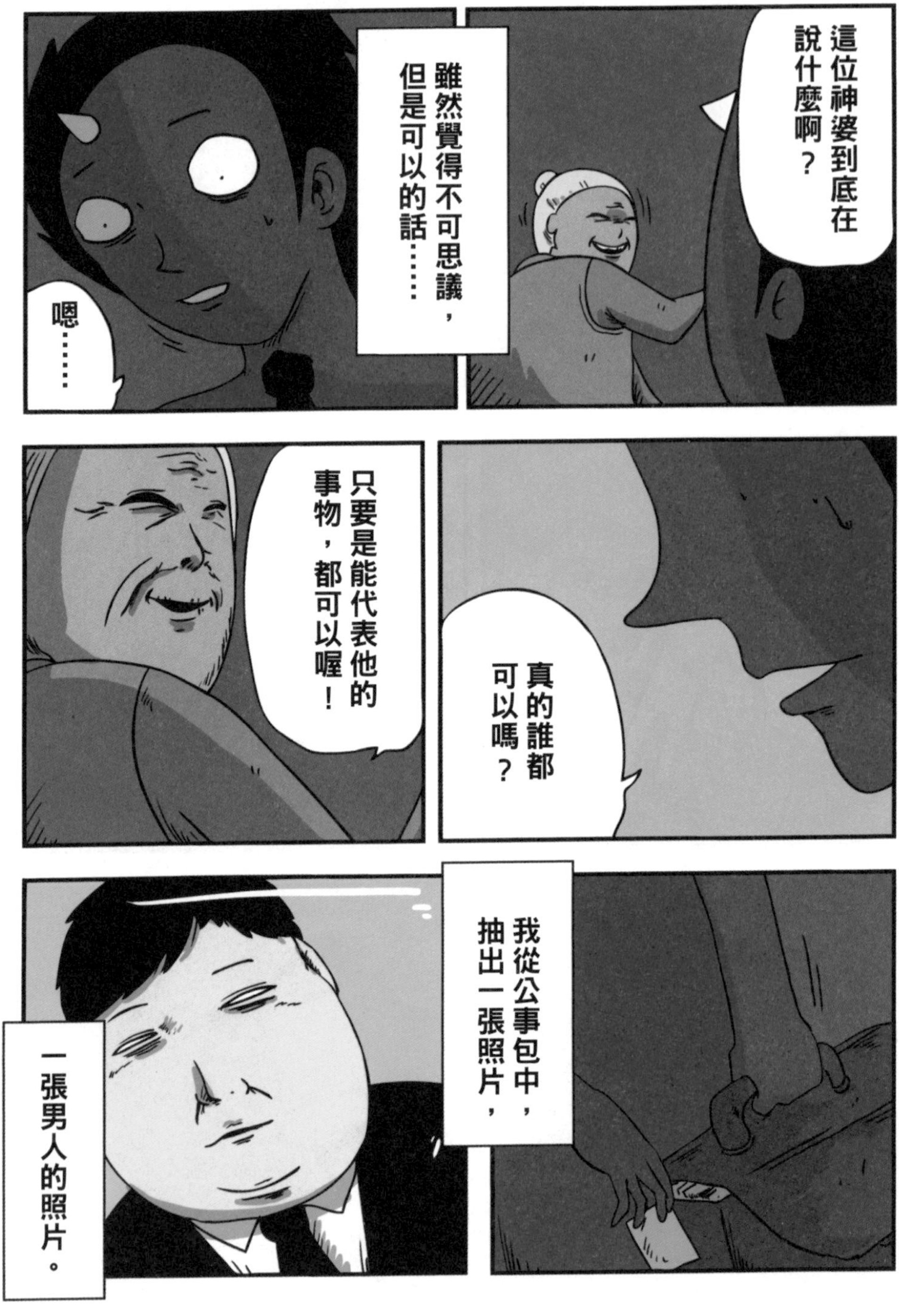
這位神婆到底在說什麼啊？
雖然覺得不可思議，但是可以的話……
嗯……
真的誰都可以嗎？
只要是能代表他的事物，都可以喔！
我從公事包中，抽出一張照片，
一張男人的照片。

這是我的上司，
經理
我對他恨之入骨！
不但工作上對我處處刁難，
還經常口出惡言辱罵我！
簡直不把我當人看！

整個公司偏偏就只針對我一個人，
最近更是不斷加重我的工作，像是存心要把我累死一樣，
自己的工作全都丟給我，
每天就爽爽的待在辦公室打混。
如果真的可以詛咒某個人的話……
那麼他絕對是我最希望發生不幸的人！

呵呵呵……
對某人的怨恨越深，
打小人的詛咒效用會越強。
打打打……
啪！
打你個小人頭……
啪！
打你個小人口……
打你個小人手……
打打打……
神婆嘴裡念著我聽不懂的口訣，
啪！
啪！
啪！
對著手上的人形紙張不停拍打，

看著人形紙張被打得稀巴爛，
心情變得輕鬆不少，
收費也不少。
啊？要錢的啊？
回家的路上，我思考了許多事情，
打小人這種看似恐怖的儀式，
其真也挺像另一種紓解心中壓力的管道，

好，明天我要繼續努力！
隔日
你是豬啊？
叫你做點事情，連這也會搞錯，你到底在公司裡幹什麼啊？
經理
我現在要出門了，
在我回來之前，最好給我處理完畢！

唉，今天又被罵到臭頭了……
嘰咿咿～～～～～～
磅！
傳來一陣刺耳的金屬摩擦聲。
發生什麼事情了？
公司的電梯發生故障了！
聽說經理人在電梯裡面！
真的假的?!
電梯發生故障，從最高樓層急速摔落，

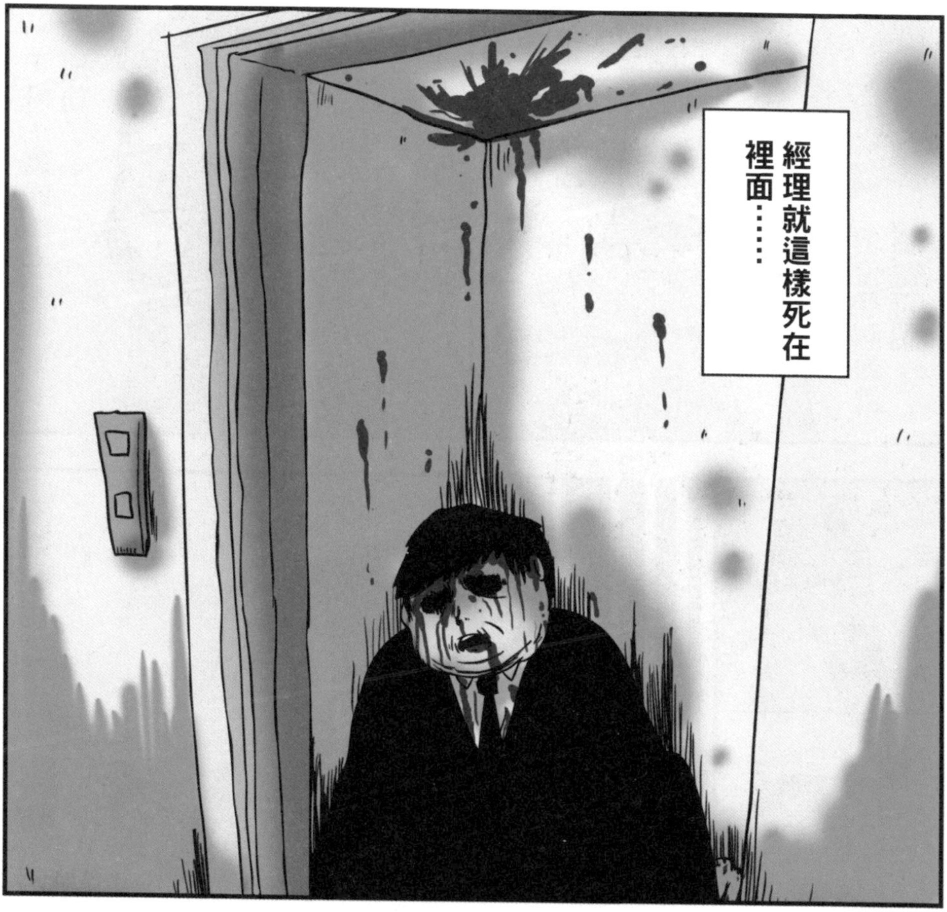
經理就這樣死在
裡面……

腦袋被狠狠重擊，整個
人就像那人形紙張，摔
得破破爛爛……

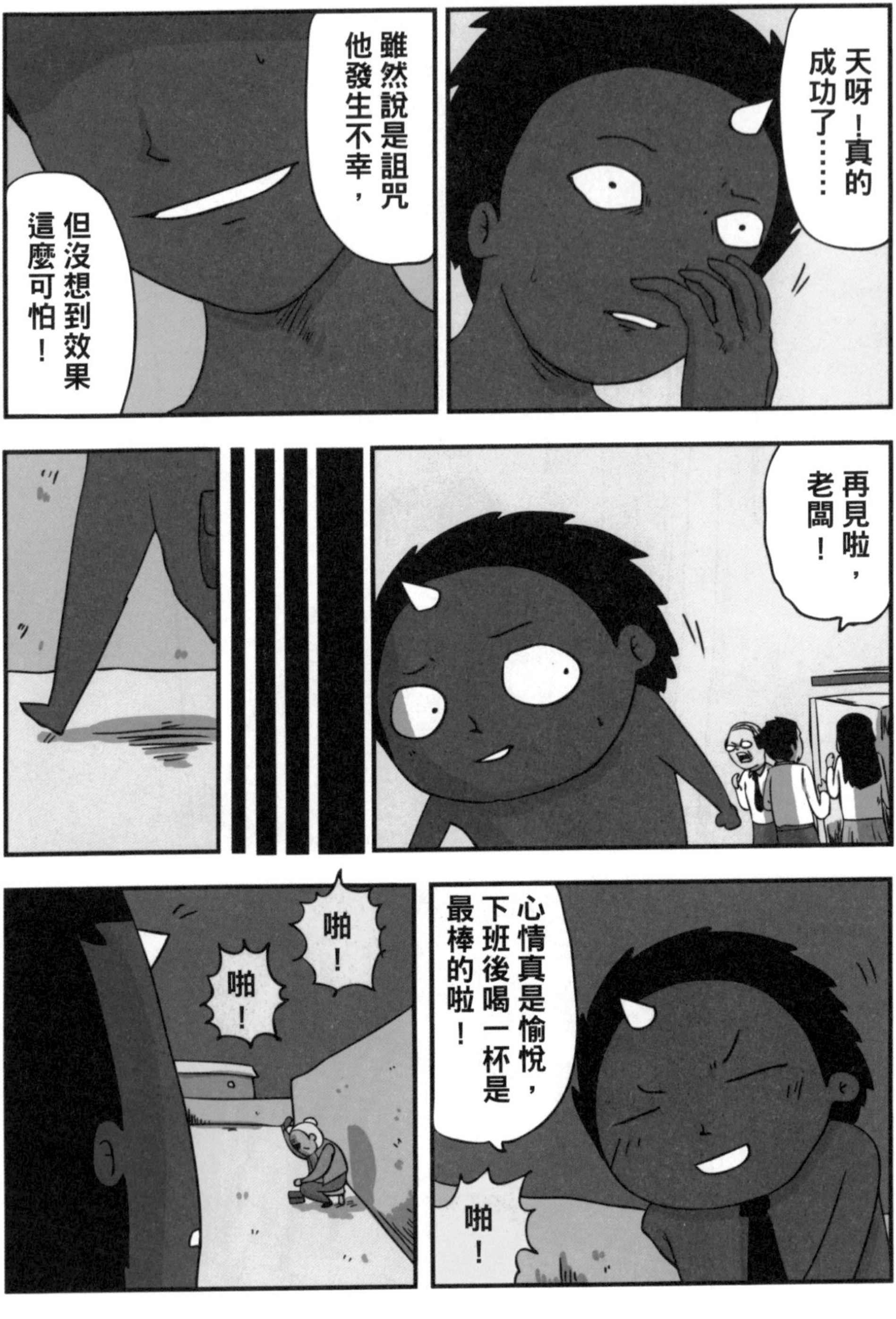
天呀！真的成功了……
雖然說是詛咒他發生不幸，
但沒想到效果這麼可怕！
再見啦，老闆！
心情真是愉悅，下班後喝一杯是最棒的啦！
啪！
啪！
啪！

太好了，老婆婆又遇到妳啦！
妳再幫我打一次小人吧！
是你啊！年輕人，
不過這次你要排隊囉！
偶爾也會有像你一樣，詛咒他人不幸，
被詛咒而因此遭遇不測的人，
總是會跑來騷擾我，真是麻煩啊！
所以我也開始幫忙他們打小人……
老婆婆，妳在說什麼啊？
這裡不就只有我而已嗎？
咦？你看不到嗎？
昨天照片上的那個人……

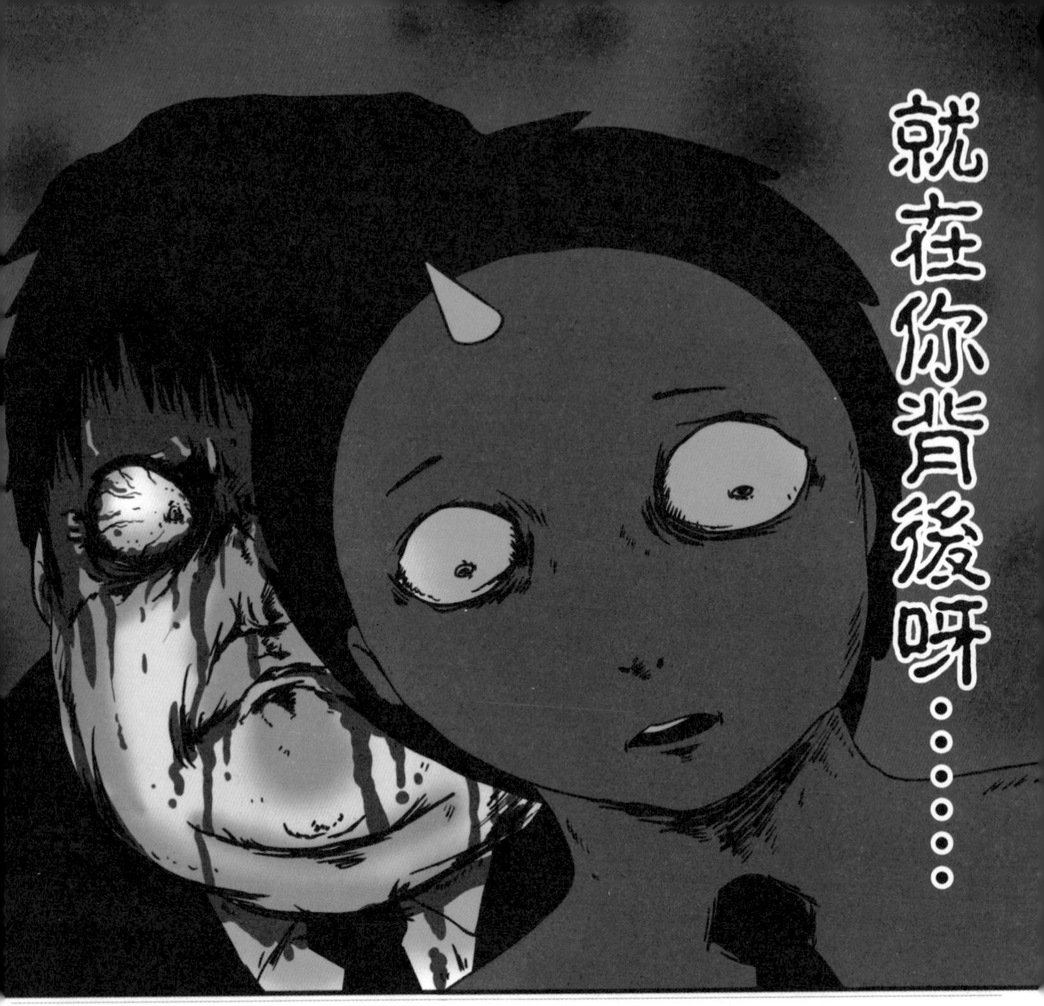
就在你背後呀……

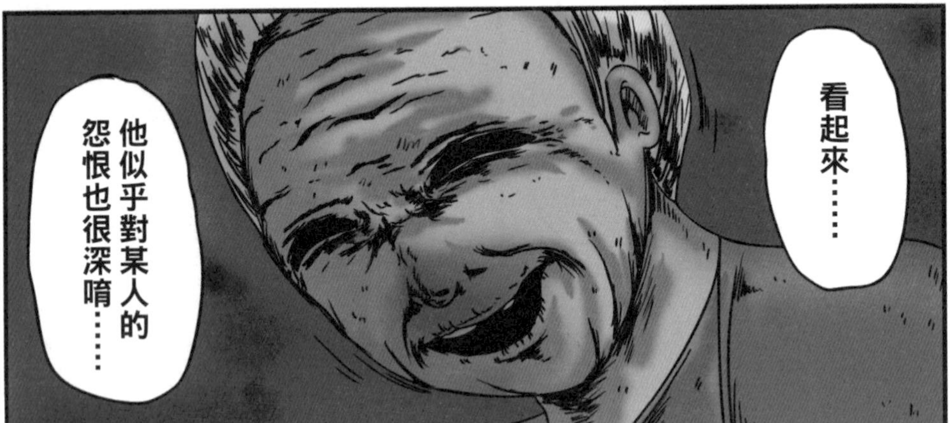
看起來……
他似乎對某人的怨恨也很深唷……

【打小人・完】

主編你這王八蛋！
啪！
啪！
啪！
啪！
啪！
啪！
啪！
啪！
啪！
啪！
啪！

一個人的捉迷藏

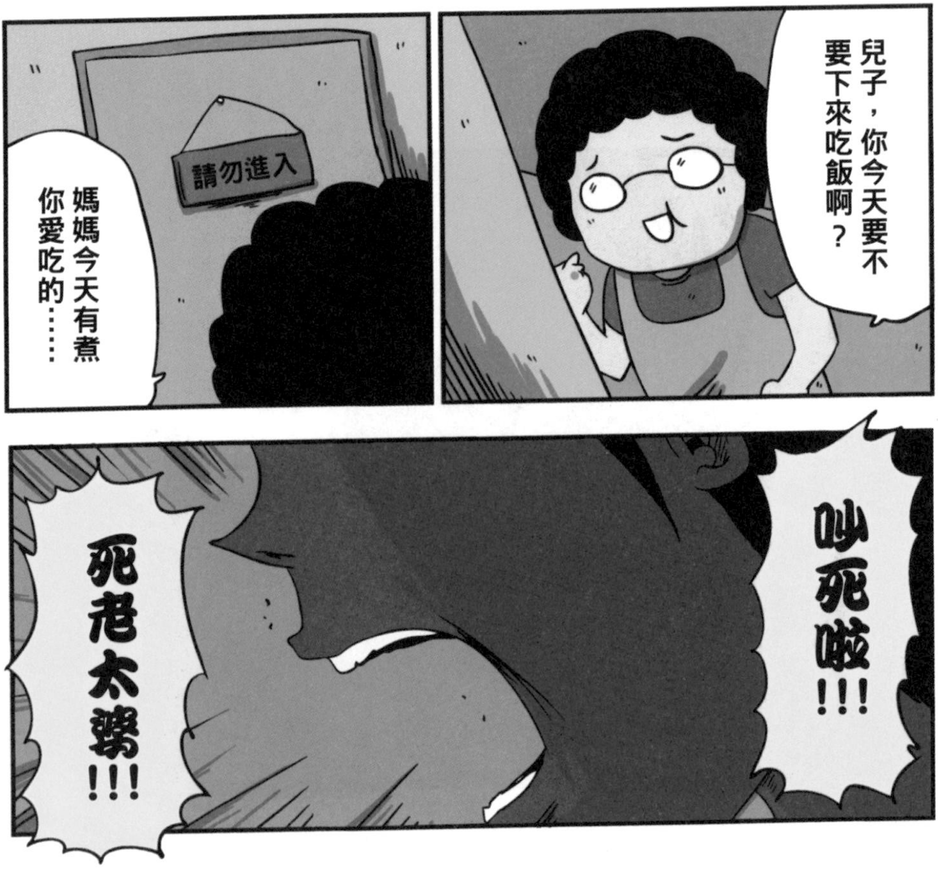

兒子，你今天要不要下來吃飯啊？
請勿進入
媽媽今天有煮你愛吃的……
吵死啦!!!
死老太婆!!!

我不想出房間！
請勿進入
就跟往常一樣，把飯放在我的門口就可以啦！
媽媽知道了……
那我先下去囉……
咚！
咚！
到底是從什麼時候開始？
喀答！
喀答！
為什麼會變成這樣呢？

家裡也好，學校也好，
都讓人不想去面對！
只想成天待在房間裡玩電腦。
今天又是一個無趣的日子，
好無聊啊！
嗯？

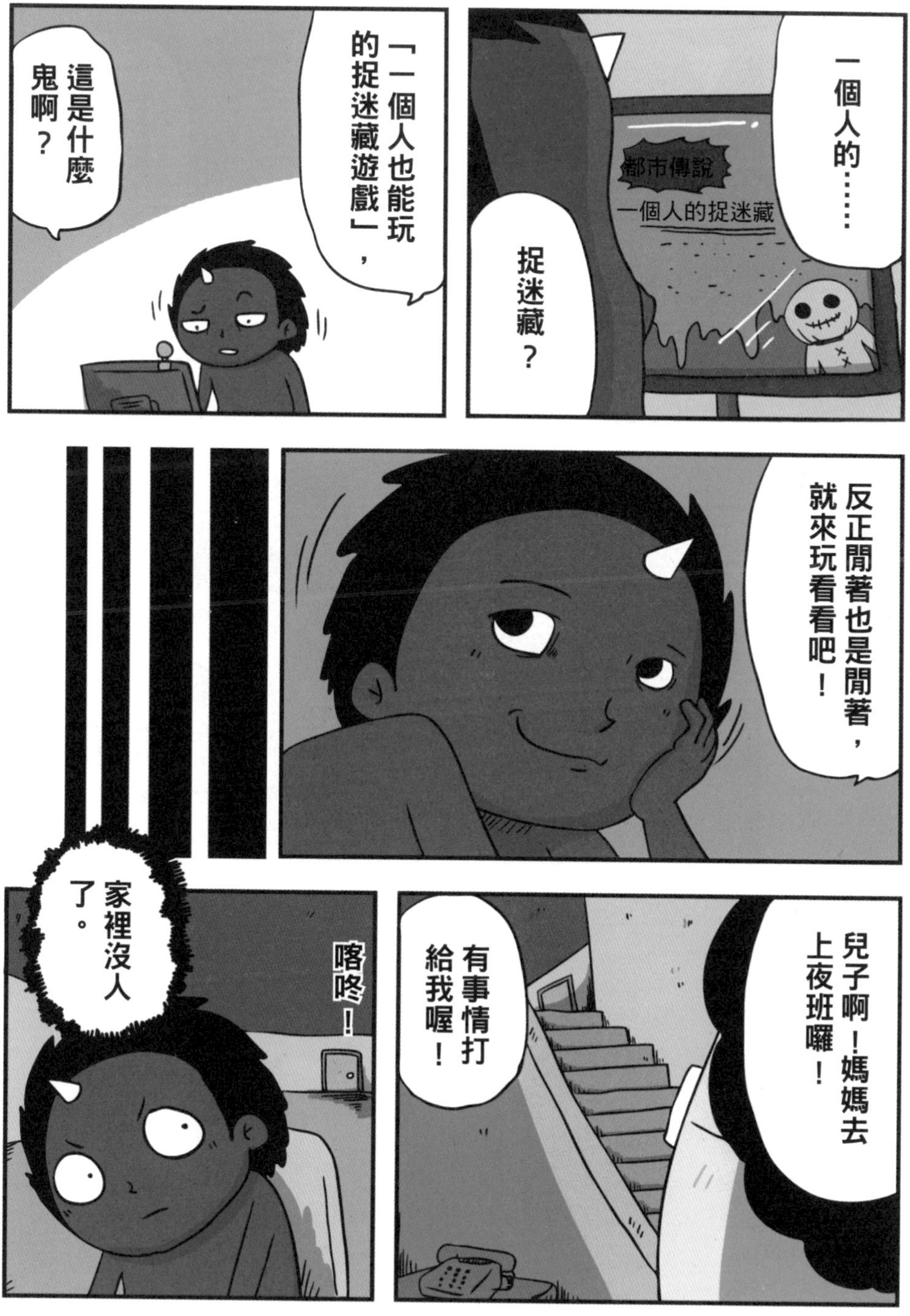
一個人的……
都市傳說
一個人的捉迷藏
捉迷藏？
「一個人也能玩的捉迷藏遊戲」，
這是什麼鬼啊？
反正閒著也是閒著，就來玩看看吧！
兒子啊！媽媽去上夜班囉！
有事情打給我喔！
喀咚！
家裡沒人了。

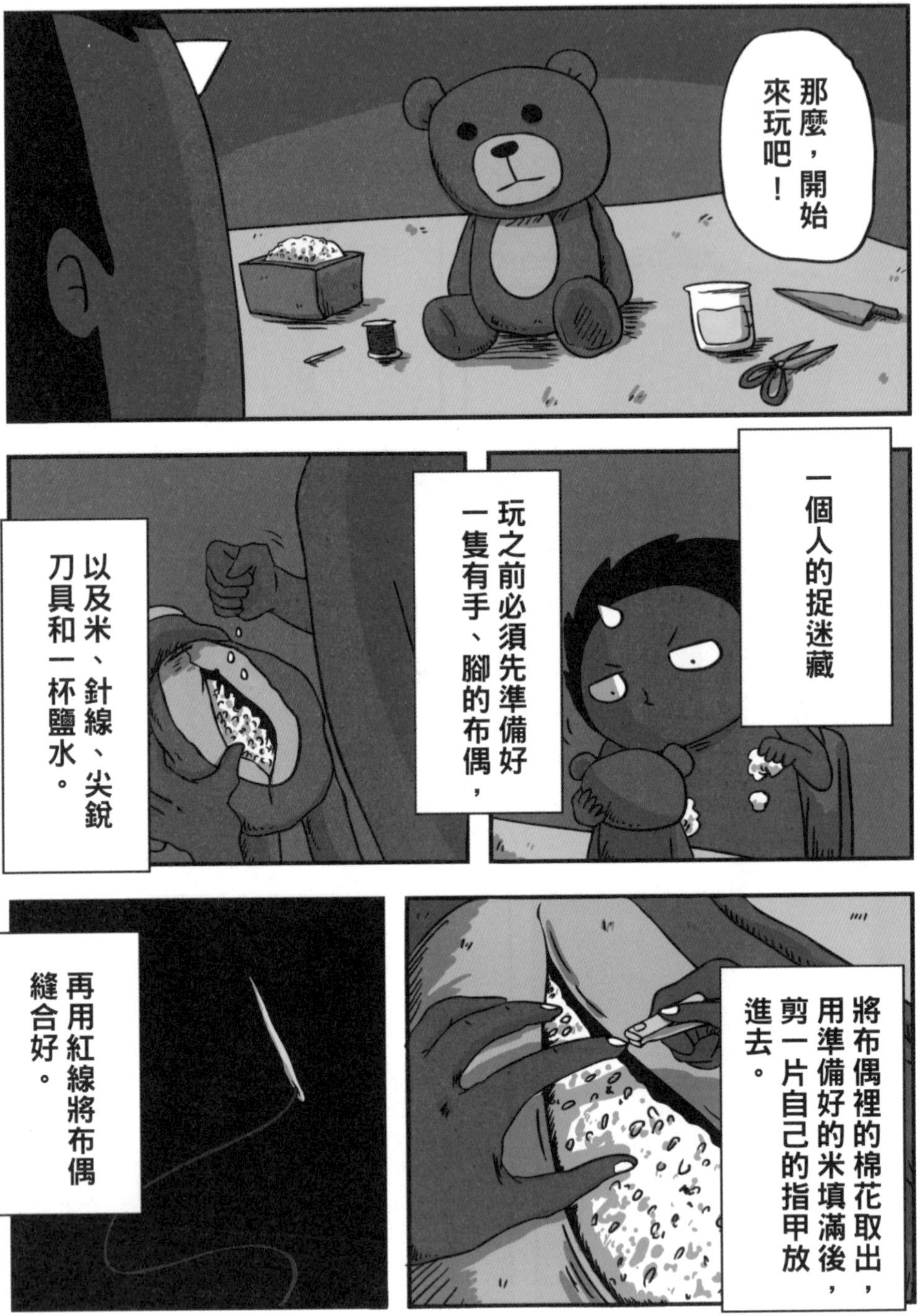
那麼，開始來玩吧！
一個人的捉迷藏
玩之前必須先準備好一隻有手、腳的布偶，
以及米、針線、尖銳刀具和一杯鹽水。
將布偶裡的棉花取出，用準備好的米填滿後，剪一片自己的指甲放進去。
再用紅線將布偶縫合好。

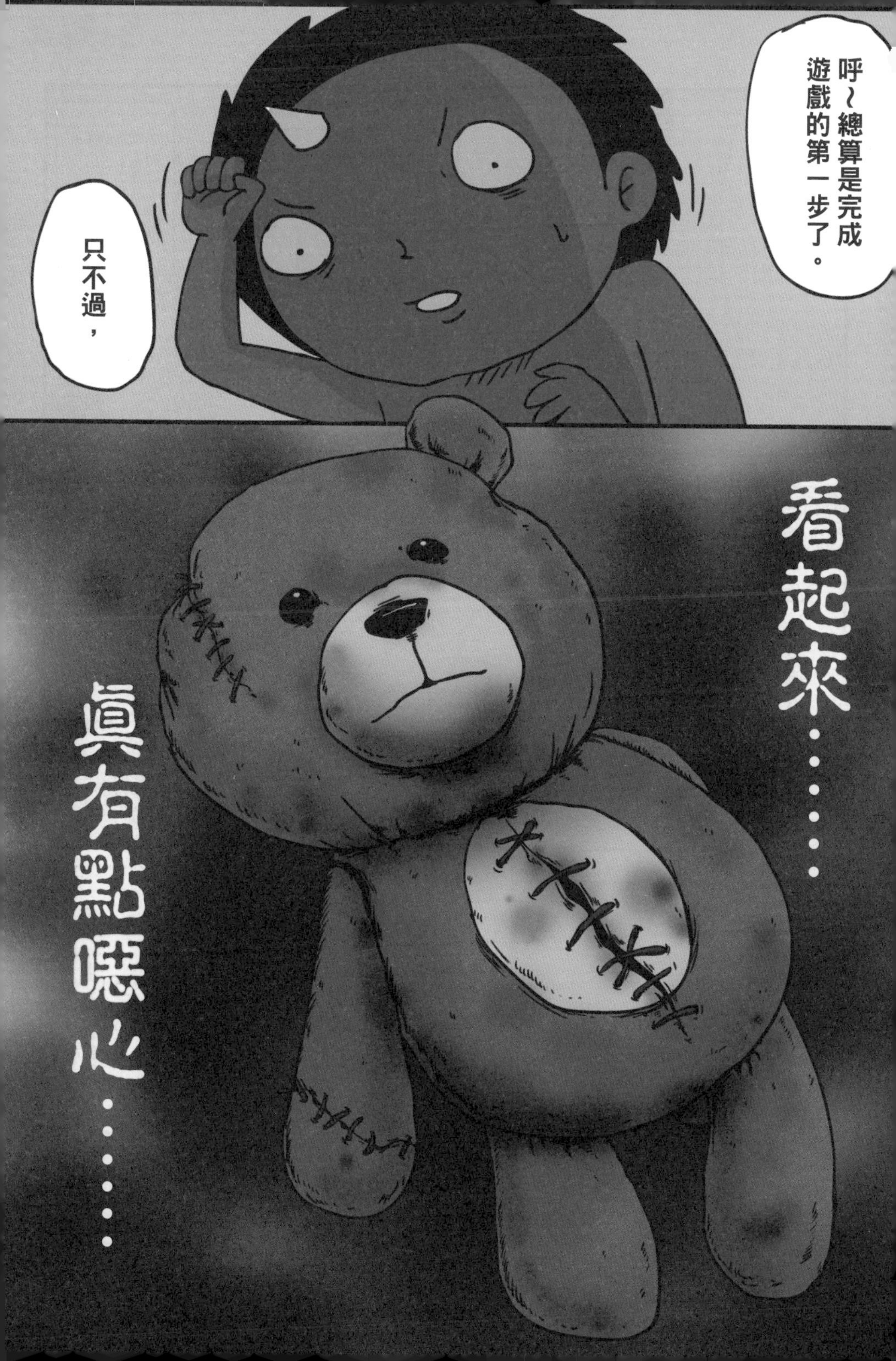
呼～總算是完成遊戲的第一步了。
只不過，
看起來……
真有點噁心……

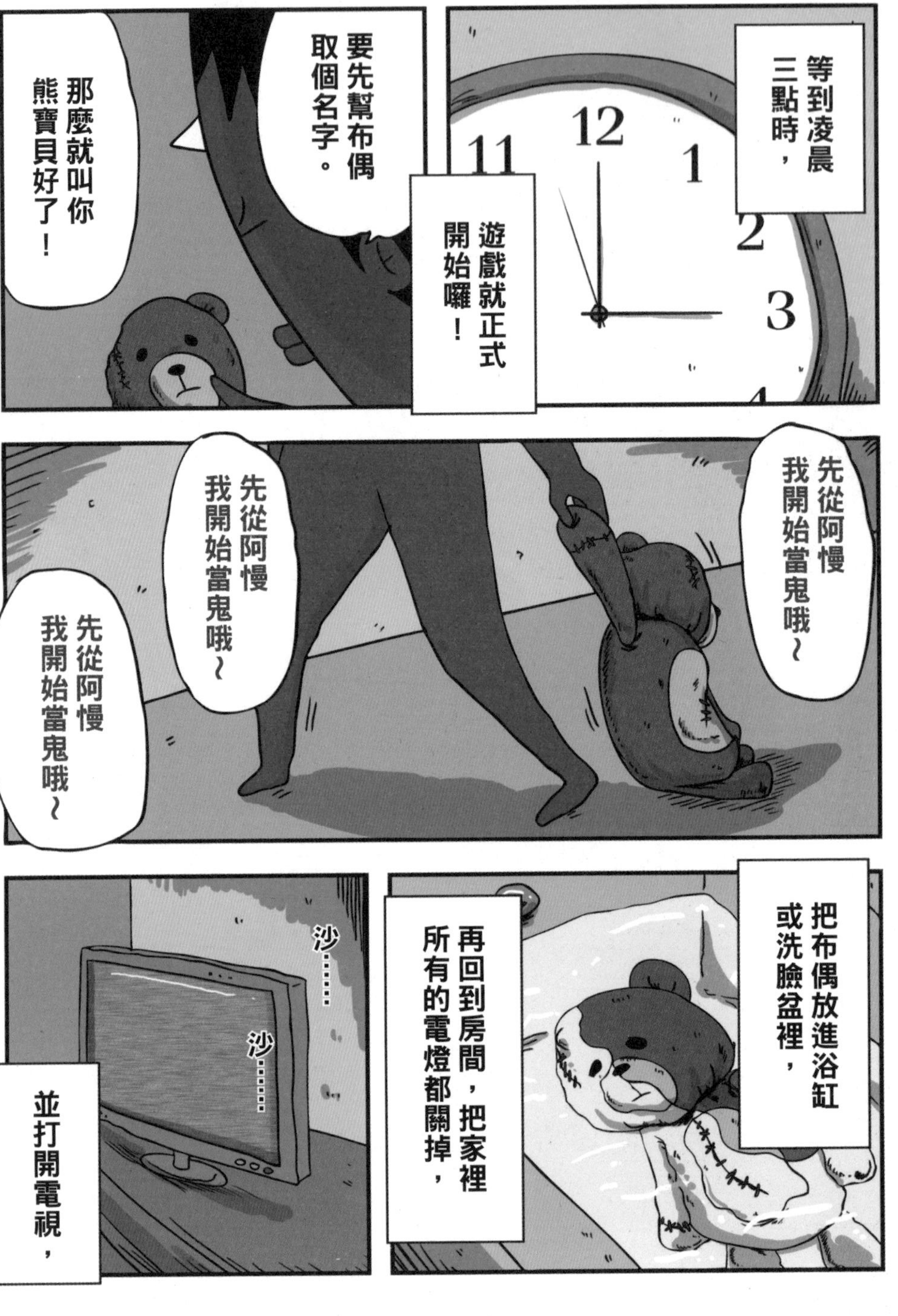
等到凌晨三點時，
遊戲就正式開始囉！
要先幫布偶取個名字。
那麼就叫你熊寶貝好了！
先從阿慢我開始當鬼哦~
先從阿慢我開始當鬼哦~
先從阿慢我開始當鬼哦~
把布偶放進浴缸或洗臉盆裡，
再回到房間，把家裡所有的電燈都關掉，
沙……
沙……
並打開電視，

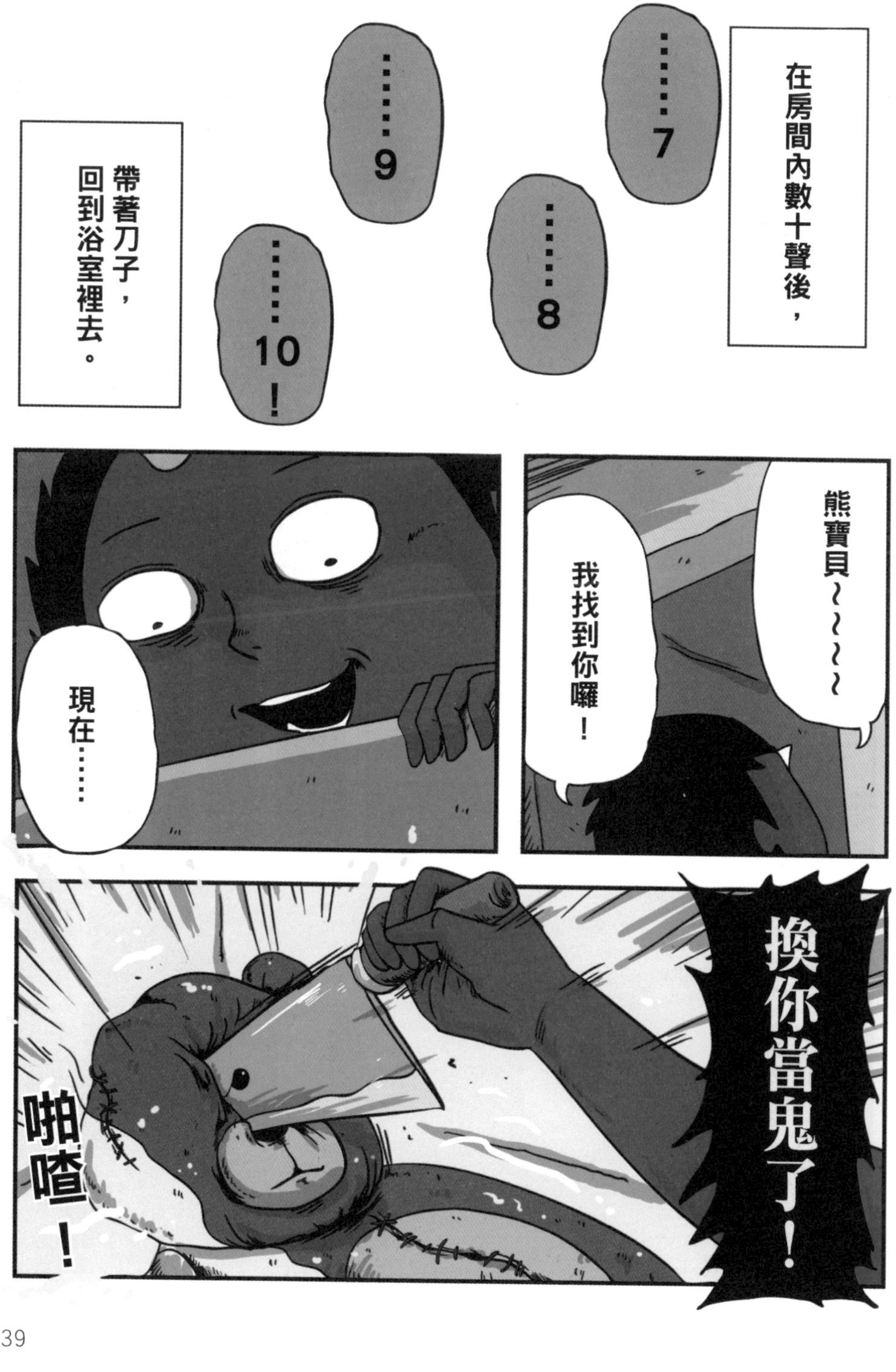

在房間內數十聲後，
……7
……8
……9
……10！
帶著刀子，回到浴室裡去。
熊寶貝~~~~
我找到你囉！
現在……
換你當鬼了！
啪喳！

接下來就到房間裡找地方躲起來。
一切準備就緒了！
滴答！
滴答！
滴答！
問題是……
要躲到什麼時候啊？

雖然說躲到櫃子裡，
比較不容易被發現，
但也不知道這遊戲要玩到什麼時候啊！
搞不好這根本是耍人的吧？
咚！
咚！
咚！
咦？
剛剛……
……是不是有腳步聲啊？
沙……
沙……

整個黑暗的房間裡，
只有電視的沙沙聲，
沙……
沙……
難道說剛剛是我
聽錯了嗎？
喀嘰～
我實在是受不了
如此漫長的等待，
可是，這個遊戲不能中
途停止，想要結束的話，
要將先前準備好的
鹽水，含在嘴裡，
回到放著布偶
的浴室裡，
朝它噴鹽水
才算是結束。

咦……？
不……不見了！
怎麼回事?!
布偶跑去哪裡了？
靠北！水吞下去了！
啪答……

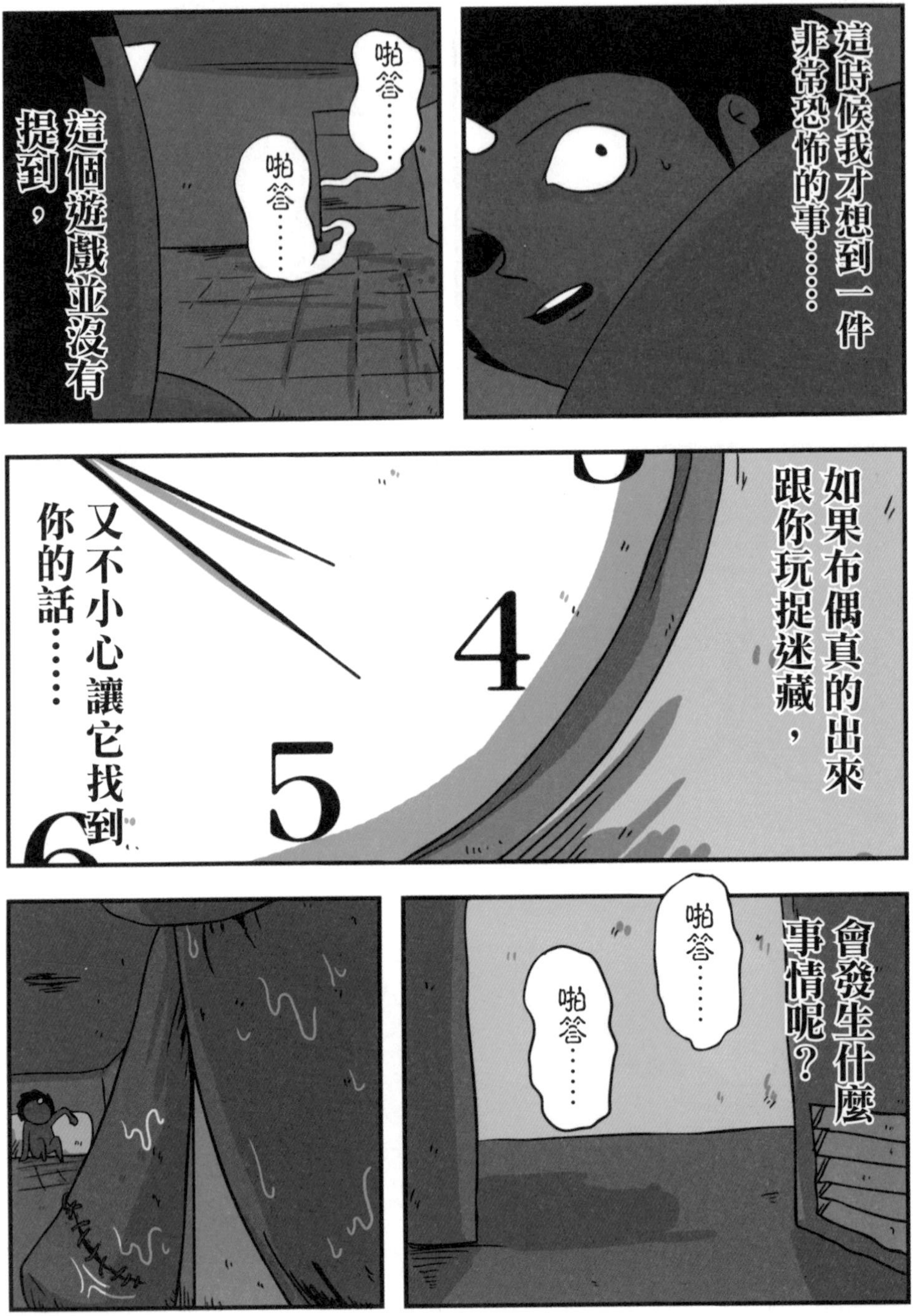
這時候我才想到一件非常恐怖的事……
啪答……
啪答……
這個遊戲並沒有提到，
如果布偶真的出來跟你玩捉迷藏，
又不小心讓它找到你的話……
會發生什麼事情呢？
啪答……
啪答……

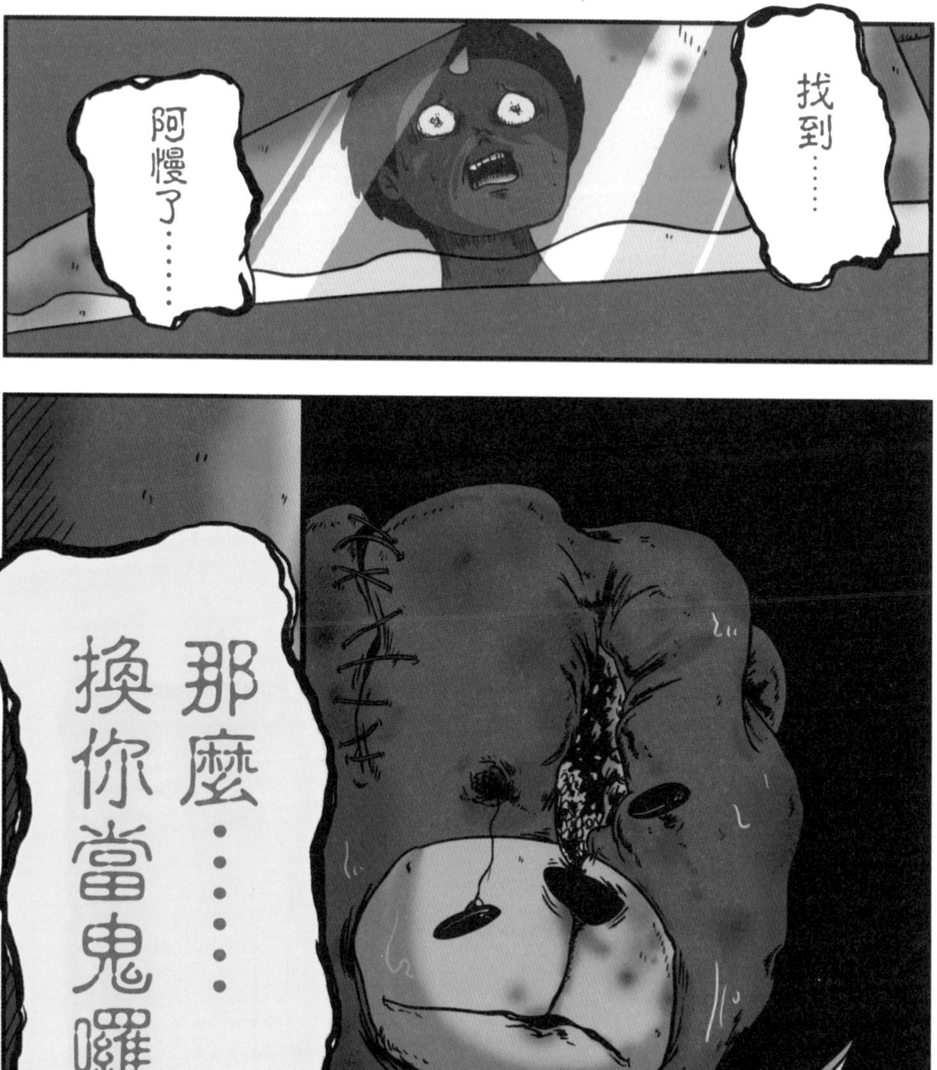

【一個人的捉迷藏．完】

別躲了
我看到你了啦！

丑時詛咒

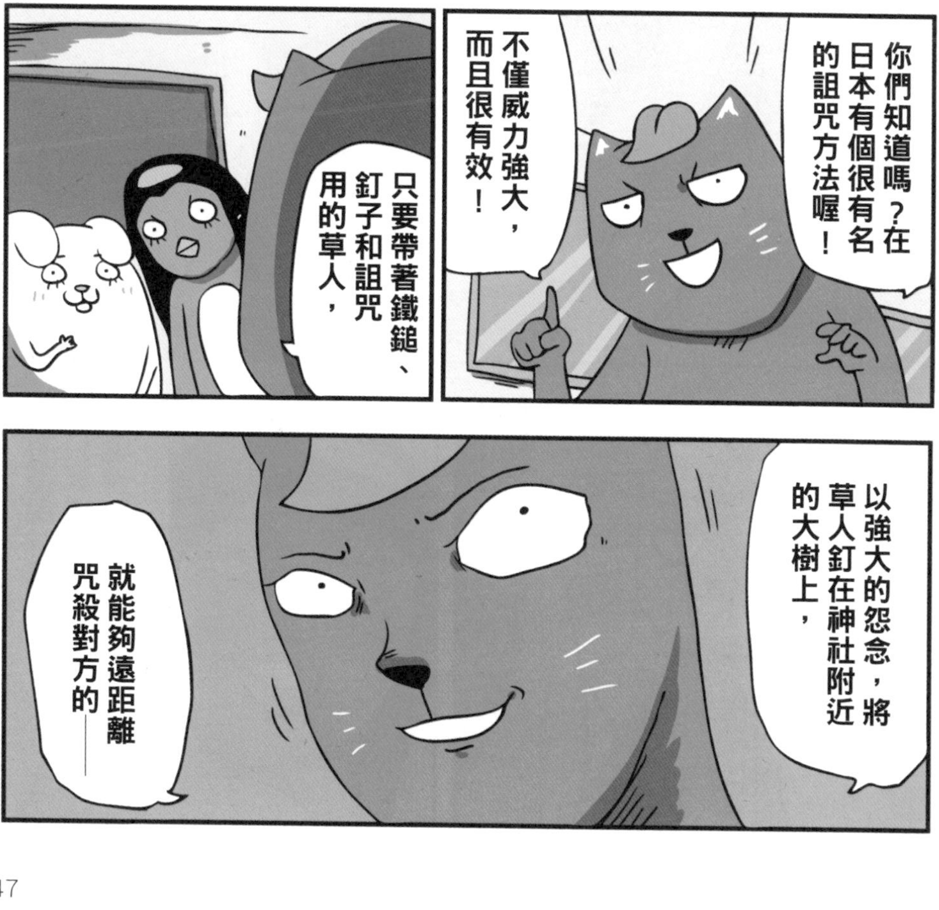
你們知道嗎？在日本有個很有名的詛咒方法喔！
不僅威力強大，而且很有效！
只要帶著鐵鎚、釘子和詛咒用的草人，
以強大的怨念，將草人釘在神社附近的大樹上，
就能夠遠距離咒殺對方的——

丑時詛咒！
有那麼神嗎？只靠這樣就能傷害對方？
話可不是這樣說！

詛咒原本就是許願使他人不幸的預言，
人類怨恨的力量，可是遠比你想像得還要強大呢！
不過……具體做法到底是怎麼樣啊？
看來有人很感興趣喔！
既然妳誠心誠意的發問了，那我就大發慈悲地告訴妳吧！
只是有一點要注意……

咚！
咚！
咚！
咚！

這是哪門子羞恥的詛咒啊！
半夜穿這樣還綁蠟燭有夠丟臉的啦！
不過……這真的會有效嗎？
丑時詛咒，
如同字面上的意思，
儀式需在半夜一點到三點之間進行，
特別是在沒有月光的夜晚，效果更佳！
地點要選在神社附近的山林裡，
選擇高大的樹木，像是杉樹就可以了

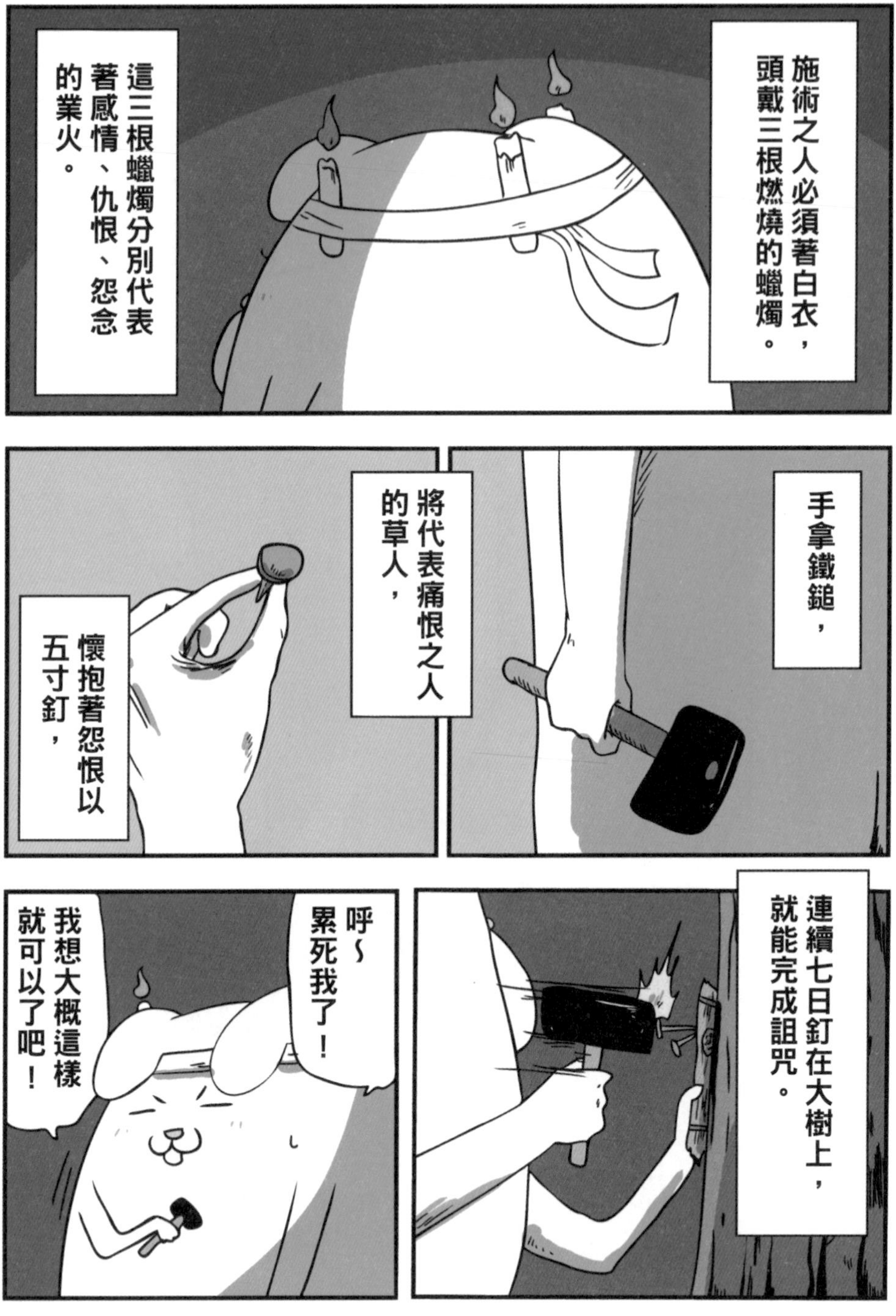
施術之人必須著白衣，頭戴三根燃燒的蠟燭。
這三根蠟燭分別代表著感情、仇恨、怨念的業火。
手拿鐵鎚，
將代表痛恨之人的草人，
懷抱著怨恨以五寸釘，
連續七日釘在大樹上，就能完成詛咒。
呼～累死我了！
我想大概這樣就可以了吧！

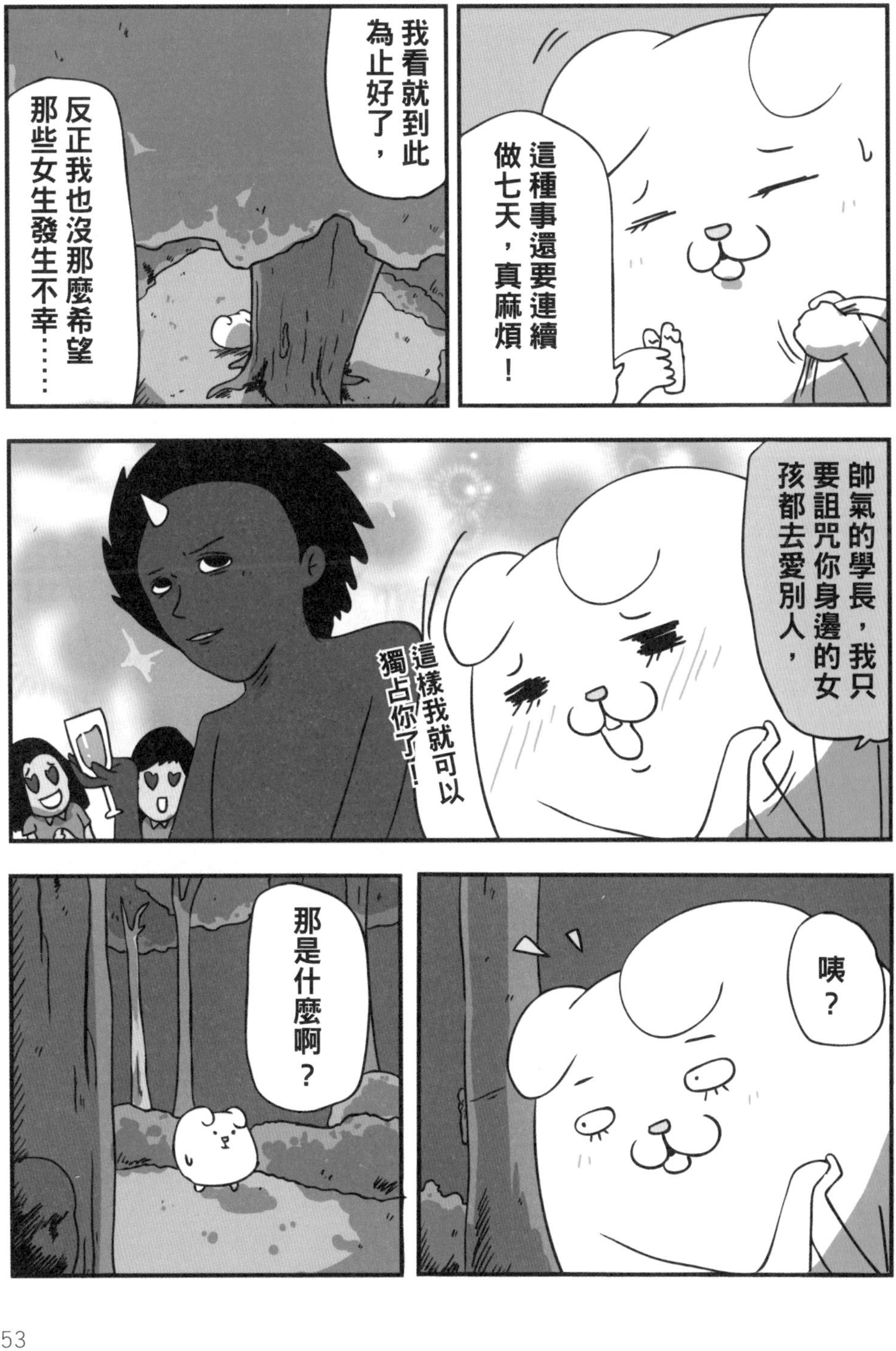
這種事還要連續做七天，真麻煩！
我看就到此為止好了，
反正我也沒那麼希望那些女生發生不幸……
帥氣的學長，我只要詛咒你身邊的女孩都去愛別人，
這樣我就可以獨占你了！
咦？
那是什麼啊？

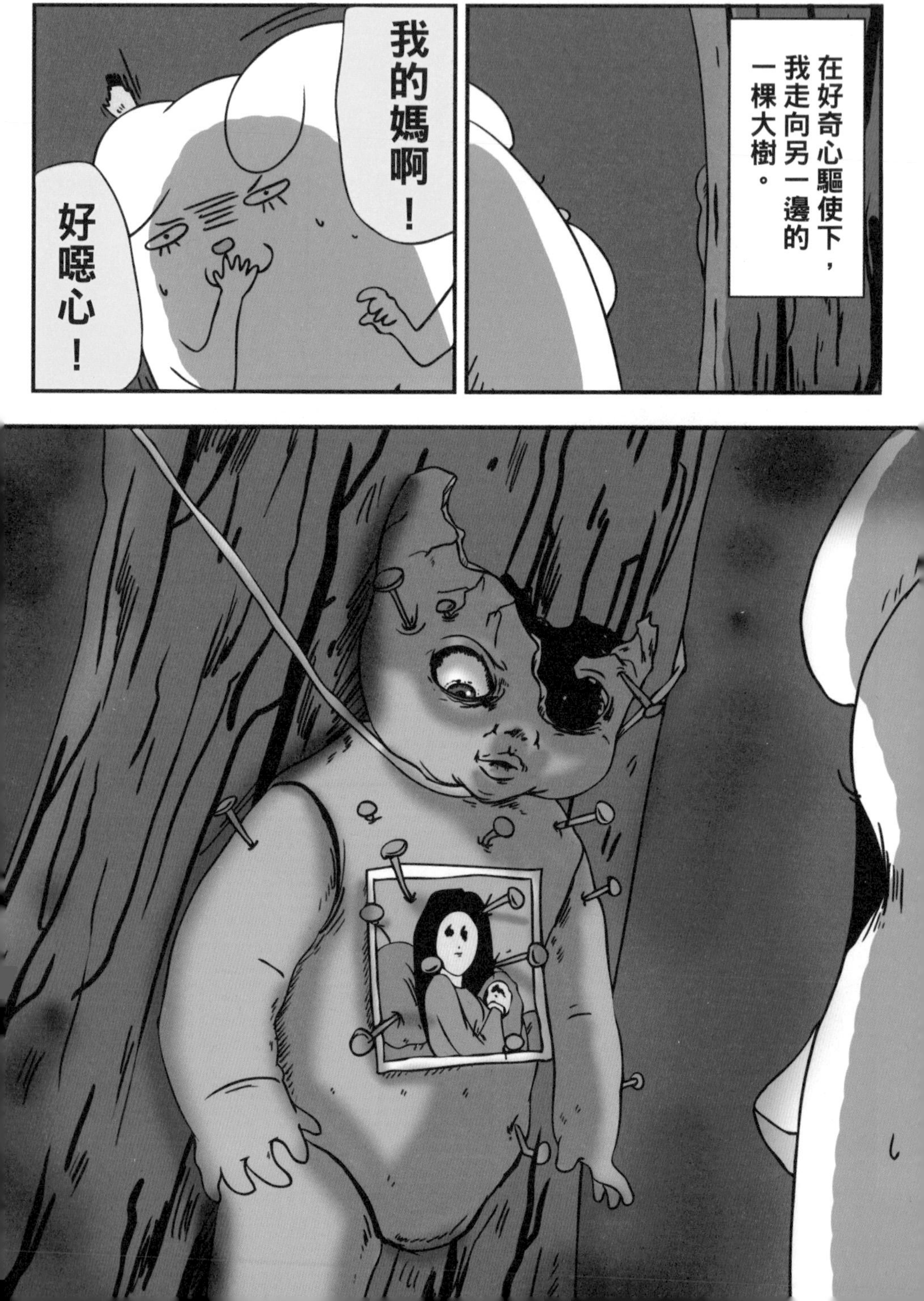
在好奇心驅使下，我走向另一邊的一棵大樹。
我的媽啊！
好噁心！

樹上吊掛著敲碎的嬰兒玩偶，身上被釘滿無數的釘子……
中間還有一張照片，照片中的女人抱著一個剛出生的嬰兒。
只不過——
兩個人的眼睛都是被挖空的！
難道這裡也有人在進行「丑時詛咒」嗎？
這種釘法，根本就是希望照片中的母女……
去死！

什麼？
去死吧！
咚！
我詛咒妳們！
咚！
咚！
就在離那棵樹不遠的地方，傳來陣陣咒罵聲。
傳聞丑時詛咒之人，因為半夜沒有月光，光線只剩頭上蠟燭。
詛咒時，三根蠟燭會詭異地越燒越旺！
伴隨著恨意的咒罵，臉孔也會極度扭曲！
妳們母女倆都去死吧！
咚！
那副模樣，從遠處看起來——

簡直就像鬼一樣……

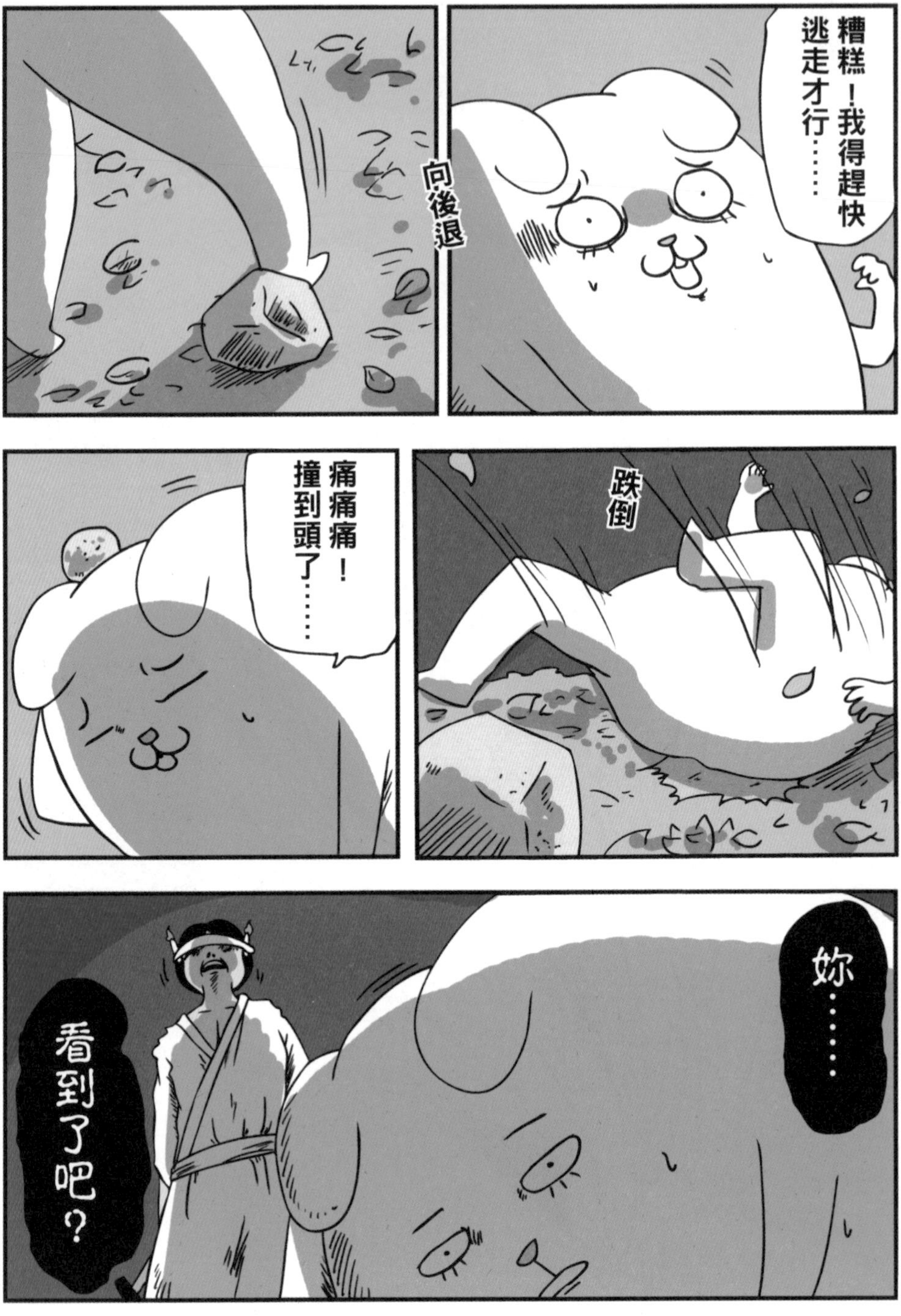
糟糕！我得趕快逃走才行……
向後退
跌倒
痛痛痛！撞到頭了……
妳……
看到了吧？

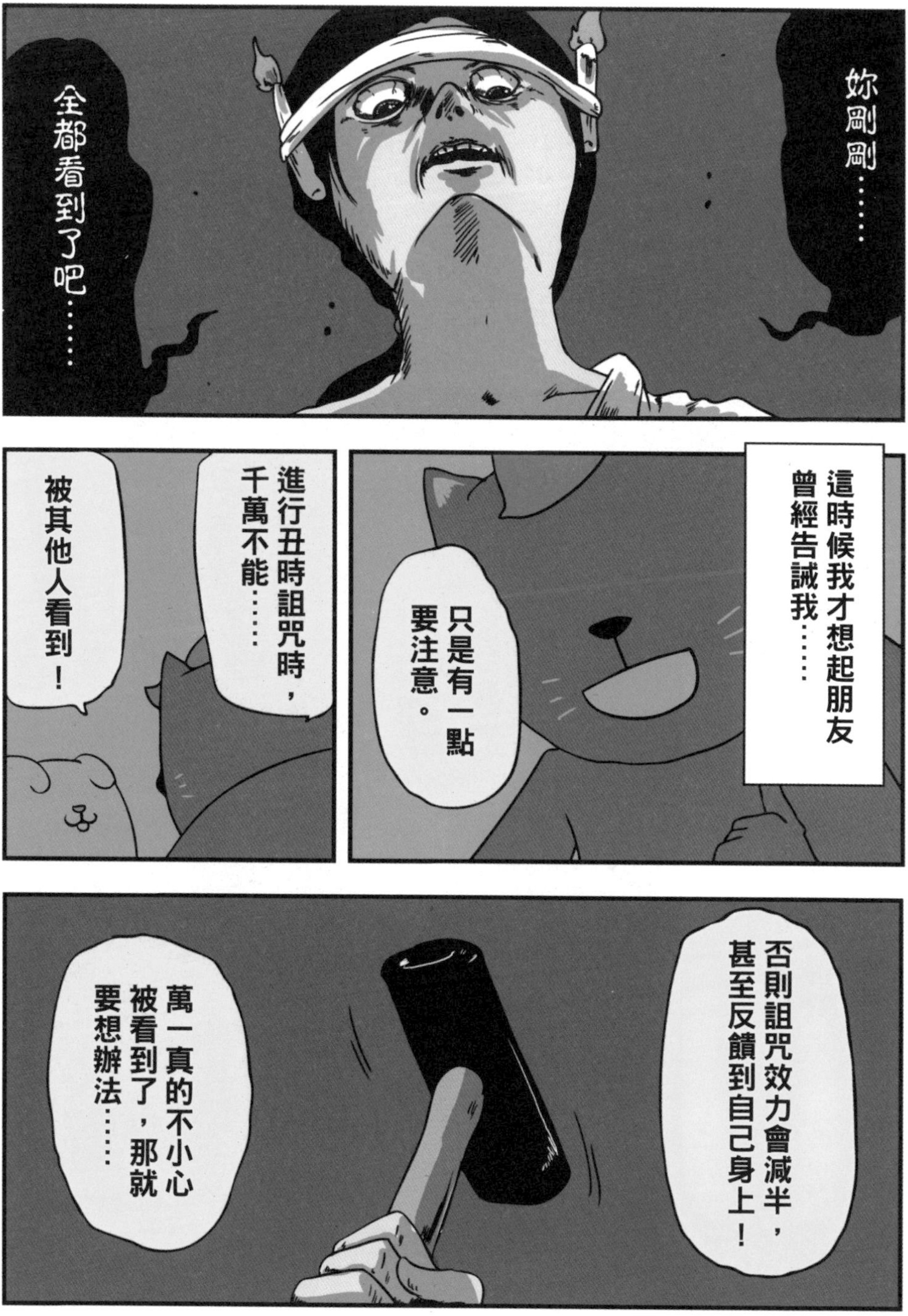
妳剛剛……
全都看到了吧……
這時候我才想起朋友曾經告誡我……
只是有一點要注意。
進行丑時詛咒時，千萬不能……
被其他人看到！
否則詛咒效力會減半，甚至反饋到自己身上！
萬一真的不小心被看到了，那就要想辦法……

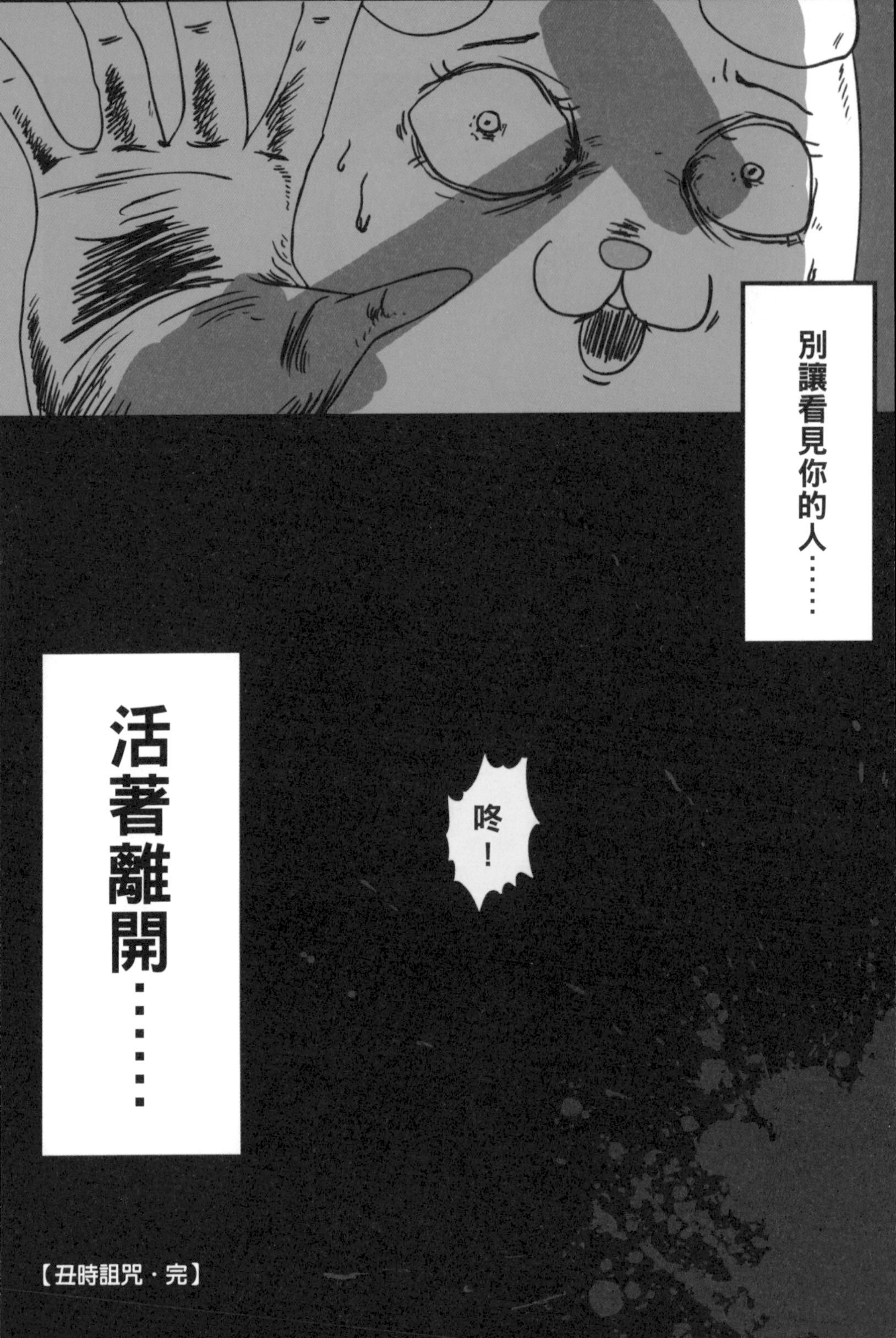
別讓看見你的人……
咚！
活著離開……
【丑時詛咒・完】

磅!
交叉反擊拳!

廁所裡的花子

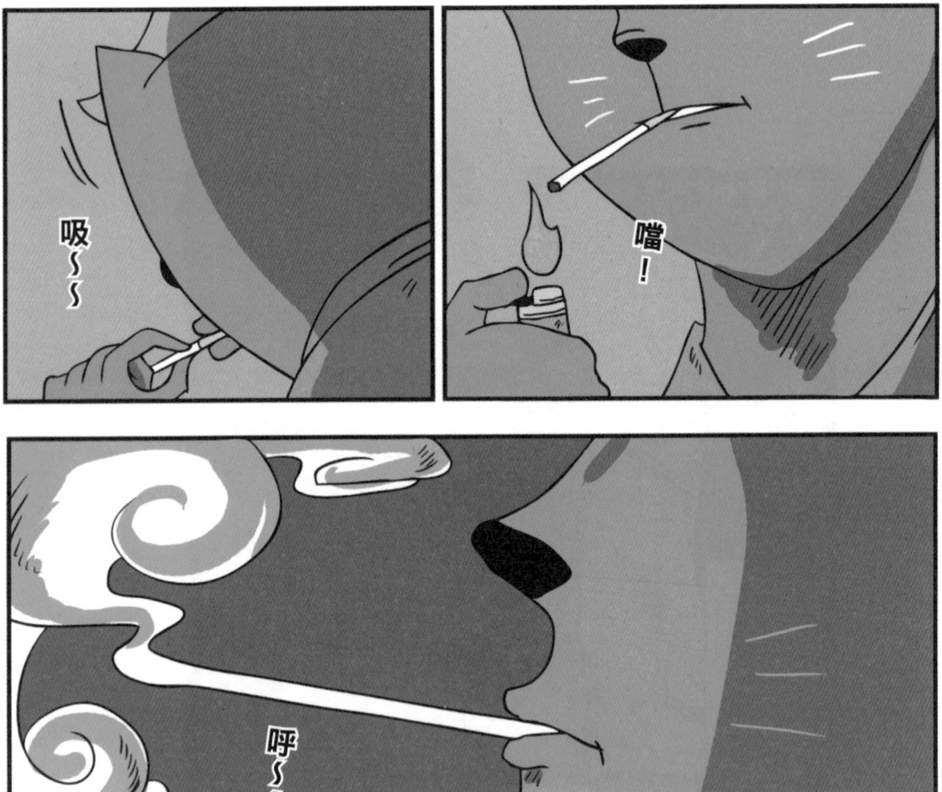

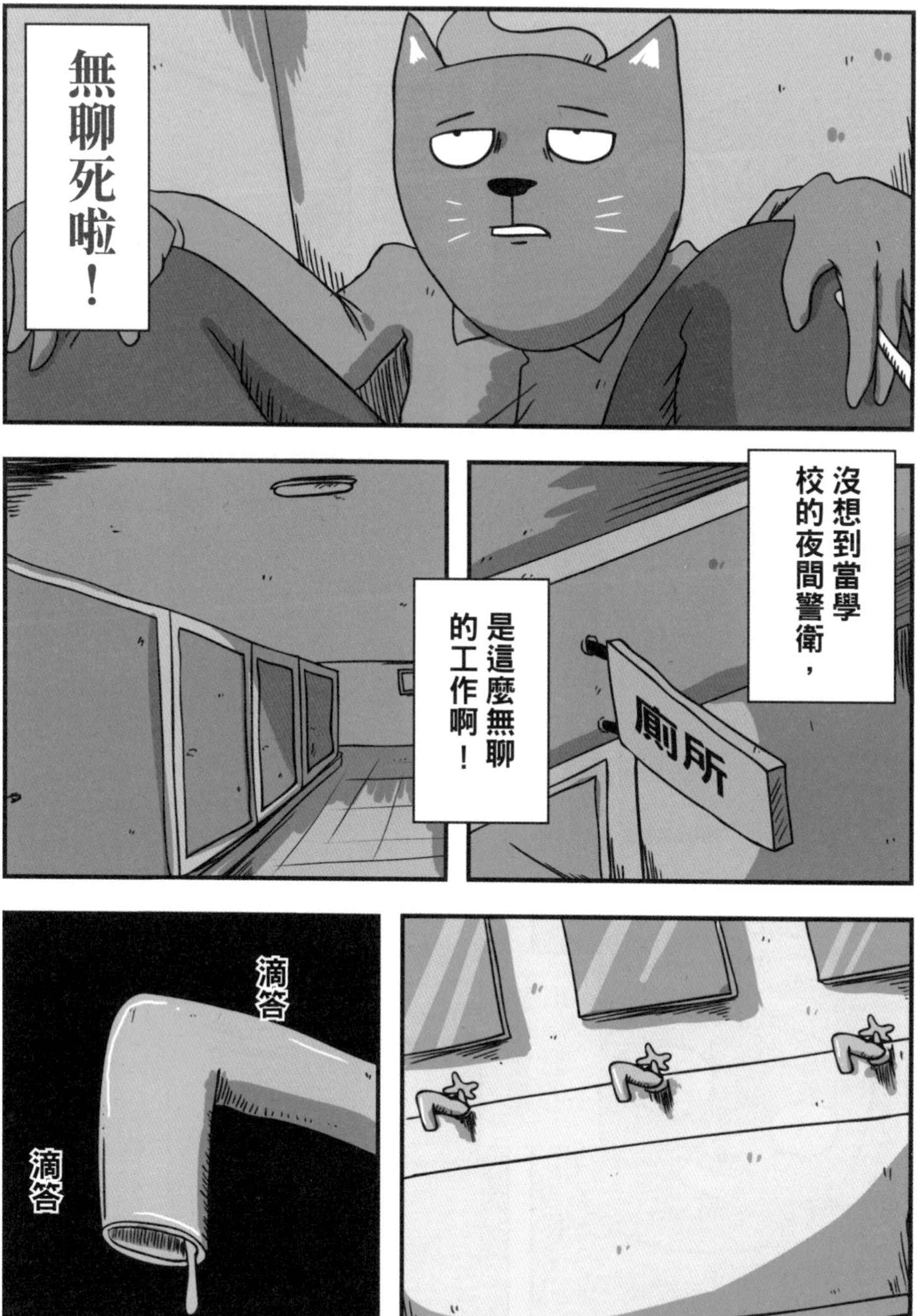
無聊死啦！
沒想到當學校的夜間警衛，
是這麼無聊的工作啊！
廁所
滴答
滴答

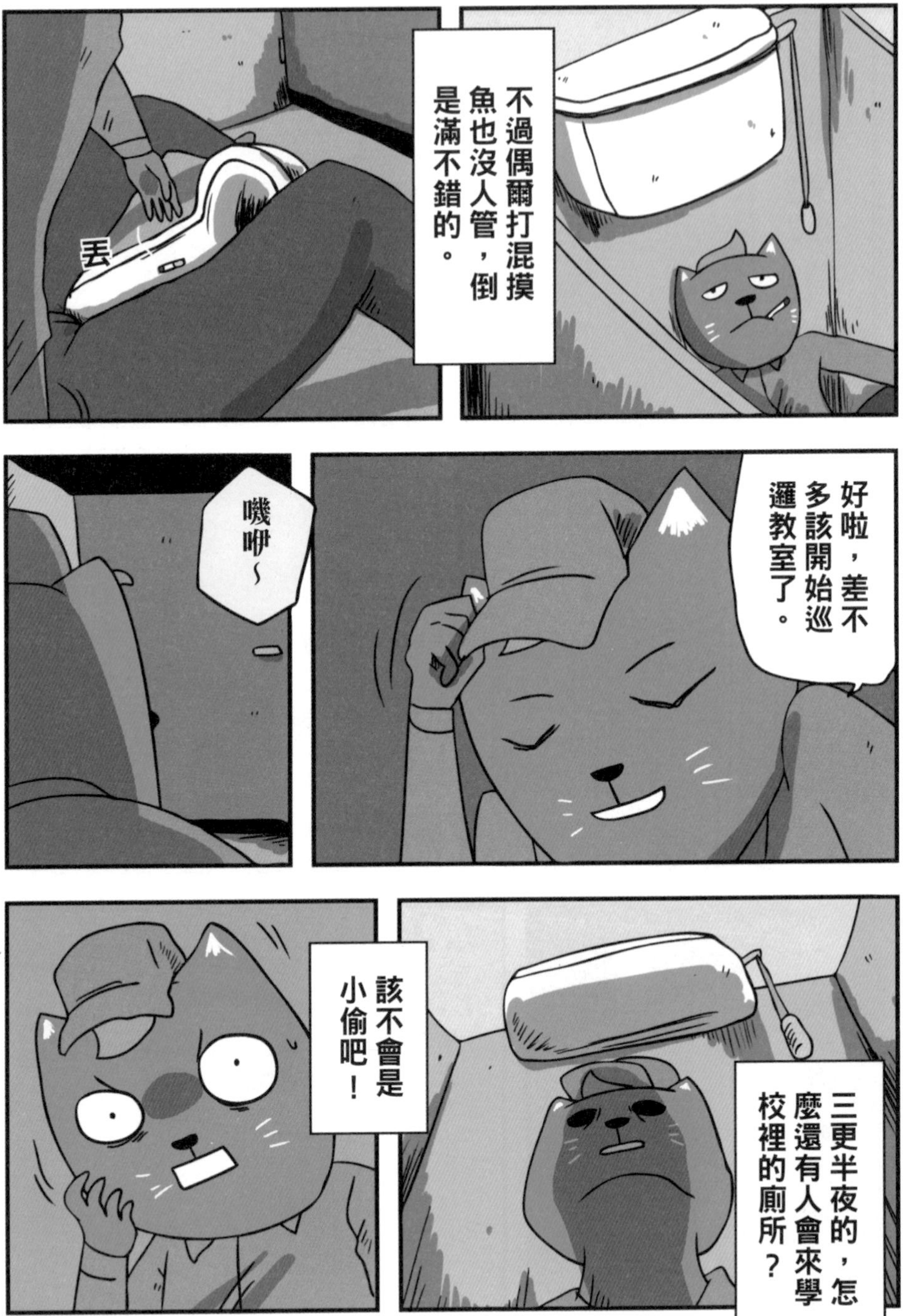
不過偶爾打混摸魚也沒人管，倒是滿不錯的。
丟
好啦，差不多該開始巡邏教室了。
嘰咿~
三更半夜的，怎麼還有人會來學校裡的廁所？
該不會是小偷吧！

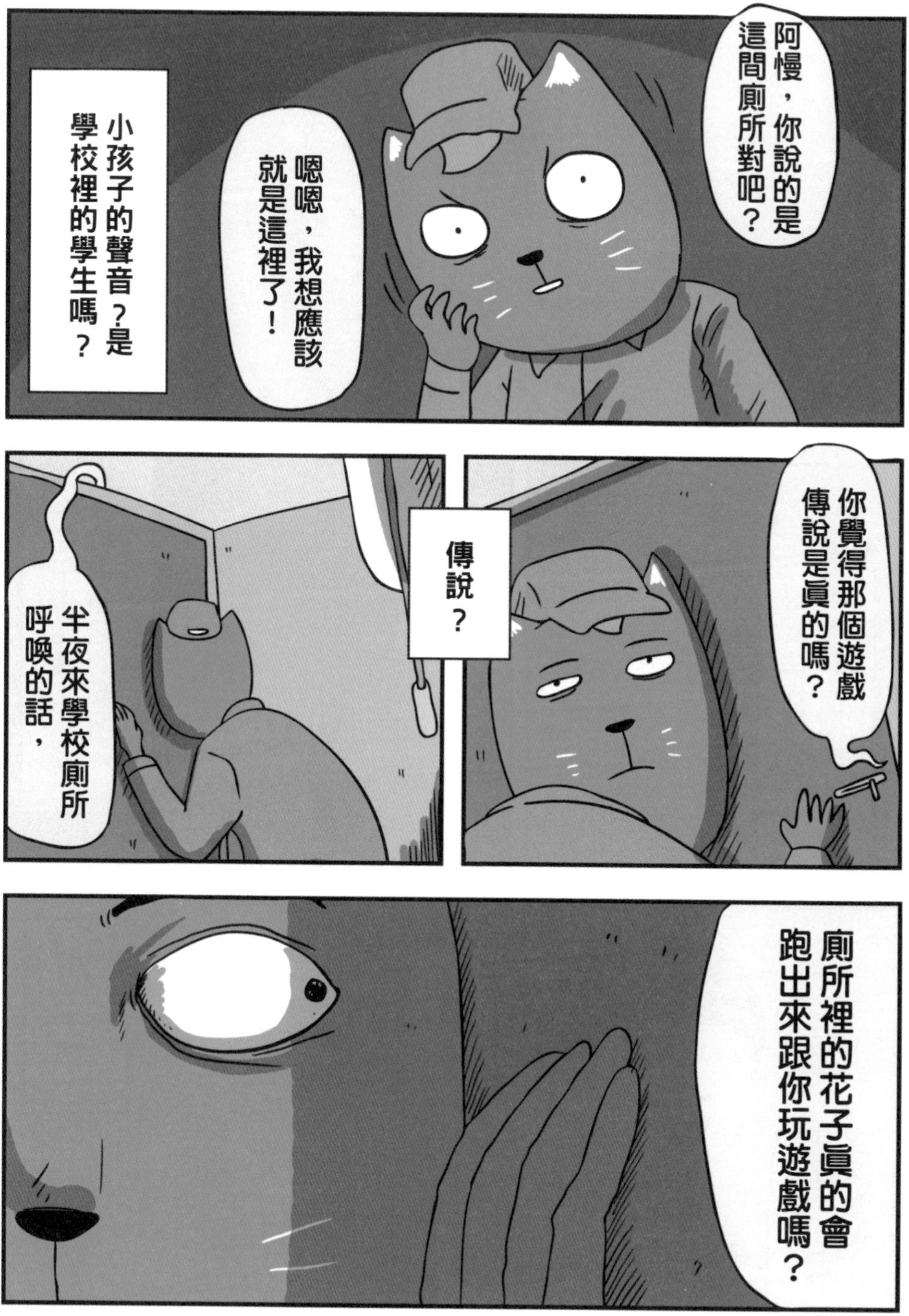
阿慢，你說的是這間廁所對吧？
嗯嗯，我想應該就是這裡了！
小孩子的聲音？是學校裡的學生嗎？
你覺得那個遊戲傳說是眞的嗎？
傳說？
半夜來學校廁所呼喚的話，
廁所裡的花子眞的會跑出來跟你玩遊戲嗎？

廁所裡的花子？
這麼說來，學校中確實一直有這種傳言……
傳說在午夜過後，來學校最陰暗的廁所，
對著從入口看去，最裡間的廁所——
敲三下門。
接著說，
花子，一起出來玩吧！

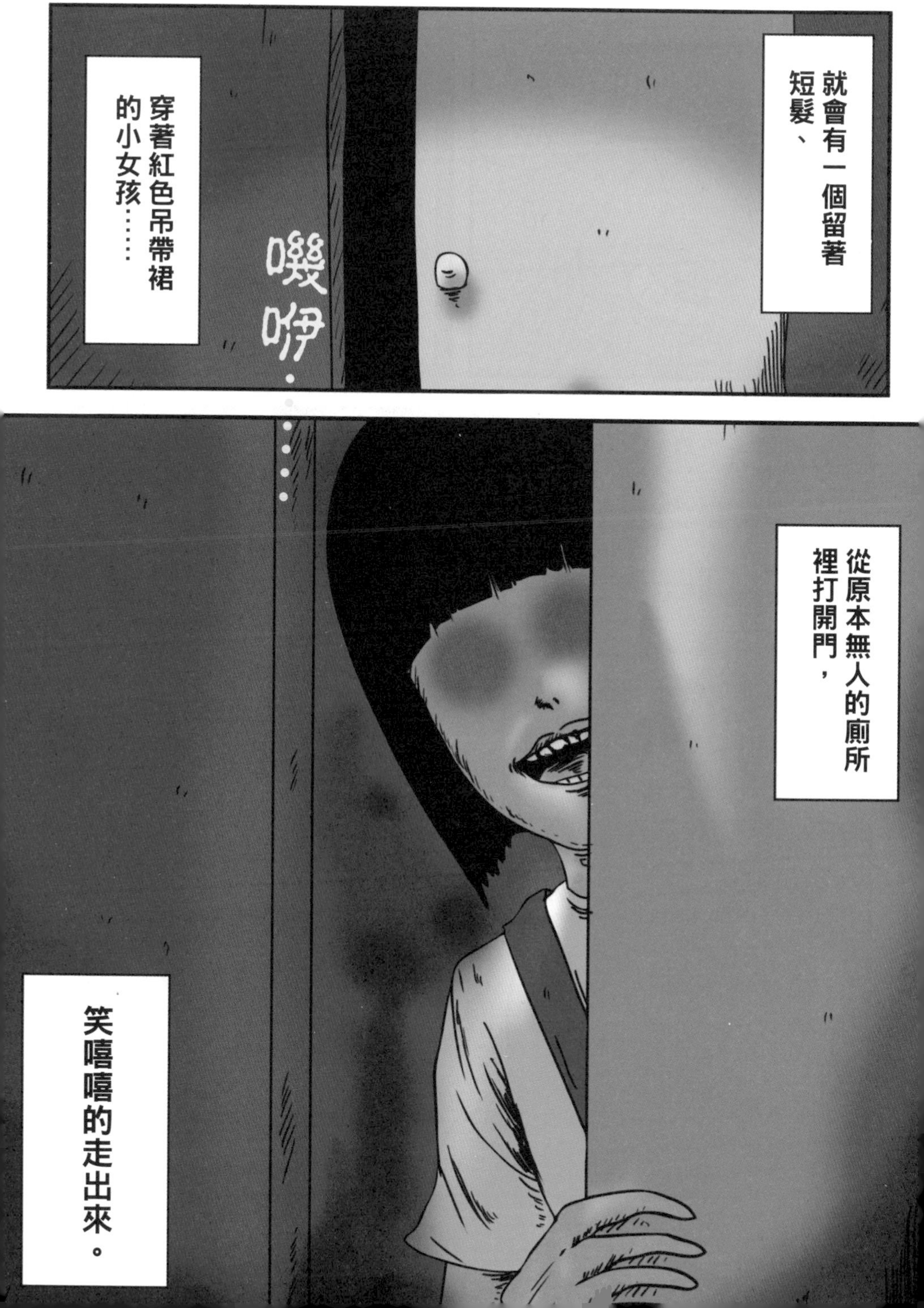
就會有一個留著短髮、
穿著紅色吊帶裙的小女孩……
嘰咿……
從原本無人的廁所裡打開門，
笑嘻嘻的走出來。

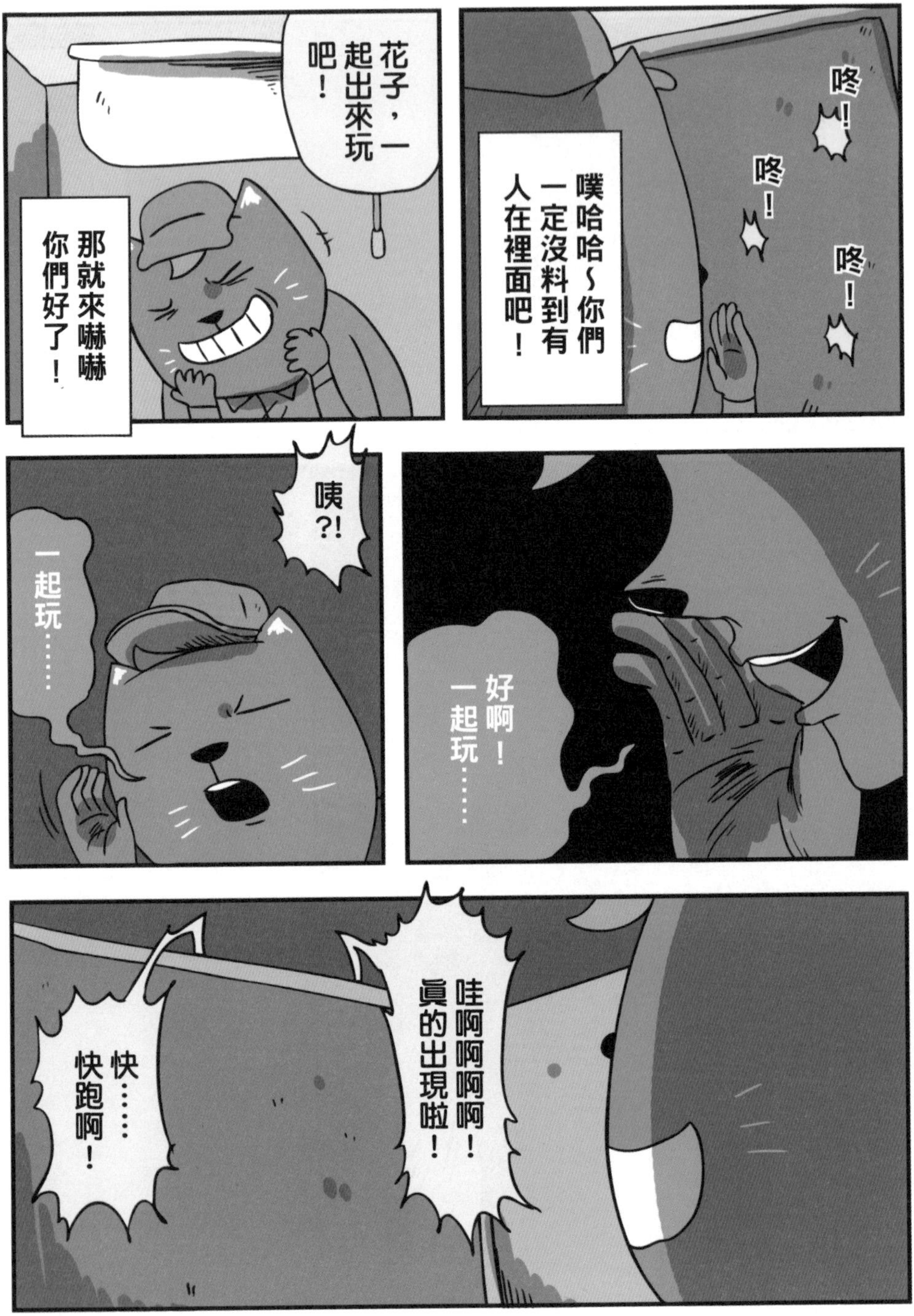
花子，一起出來玩吧！
那就來嚇嚇你們好了！
咚！咚！咚！
噗哈哈～你們一定沒料到有人在裡面吧！
咦?!
一起玩……
好啊！一起玩……
快……快跑啊！
哇啊啊啊啊！眞的出現啦！

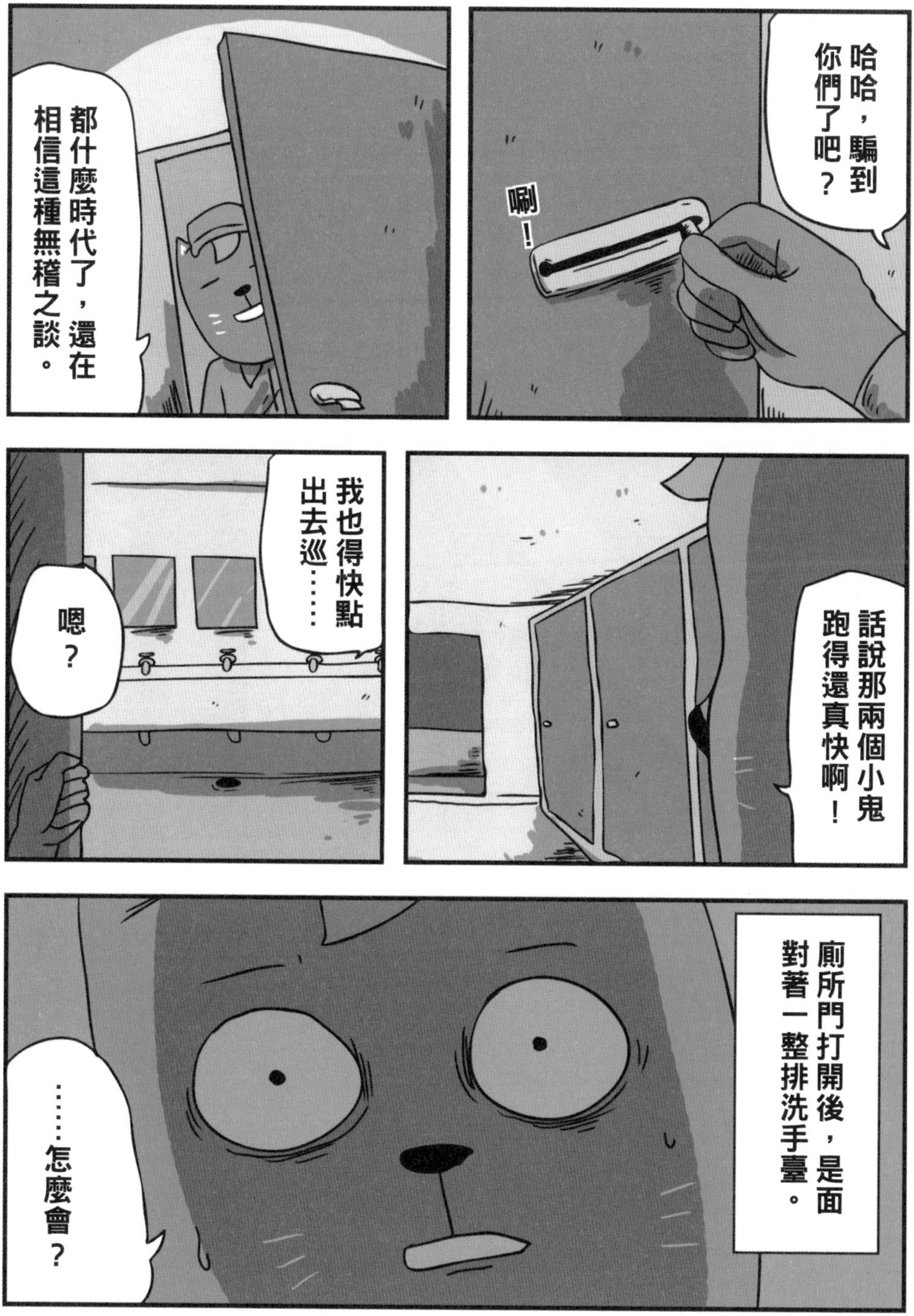
哈哈，騙到你們了吧？
唰！
都什麼時代了，還在相信這種無稽之談。
話說那兩個小鬼跑得還真快啊！
我也得快點出去巡……
嗯？
廁所門打開後，是面對著一整排洗手臺。
……怎麼會？

我從洗手臺上方的鏡子中，
清楚的看見，
有人……
在我背後……

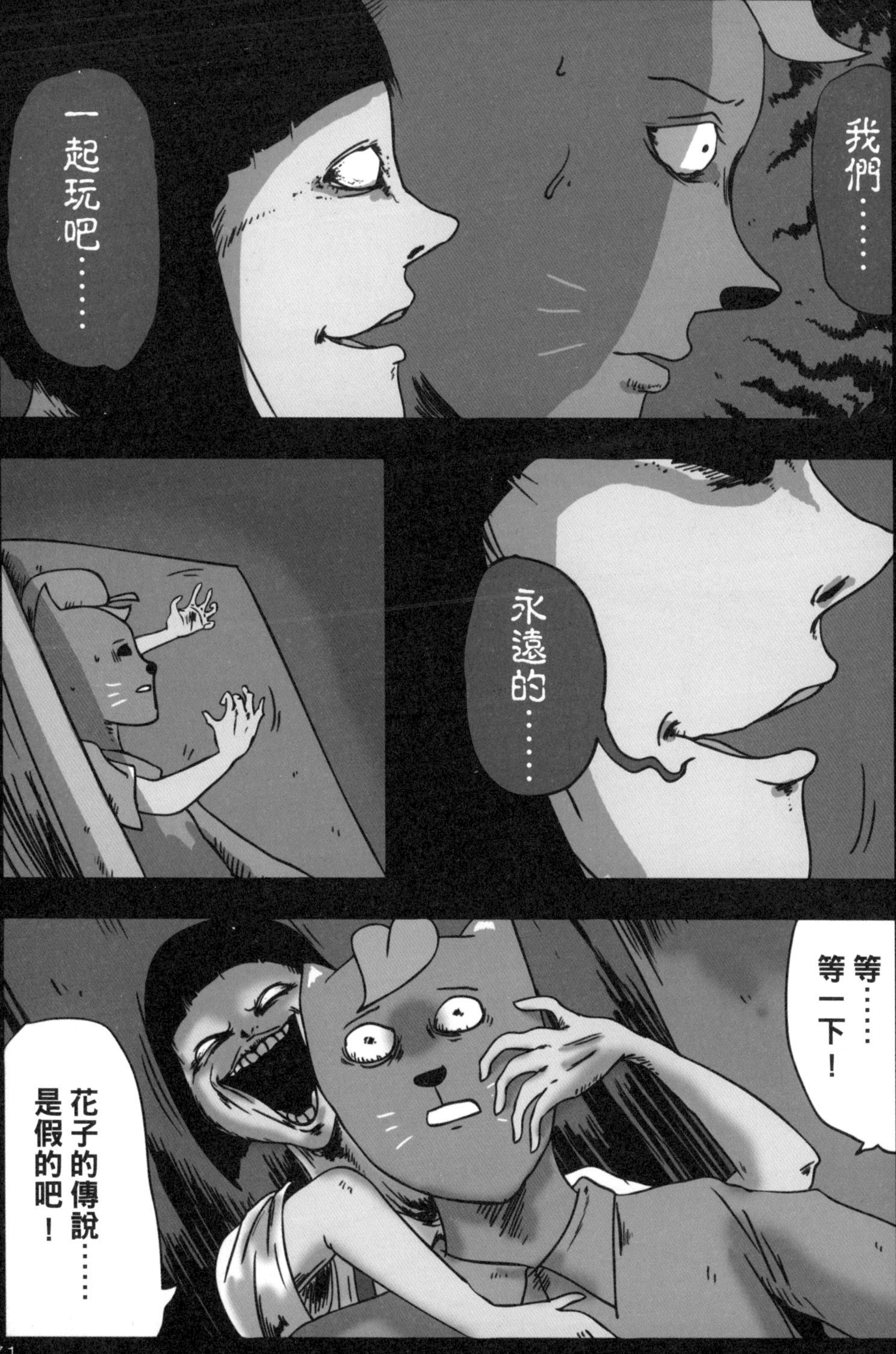
我們……
一起玩吧……
永遠的……
等……等一下！
花子的傳說……是假的吧！

【廁所裡的花子・完】

平時的花子，
看起來很哀愁呢！

筆仙

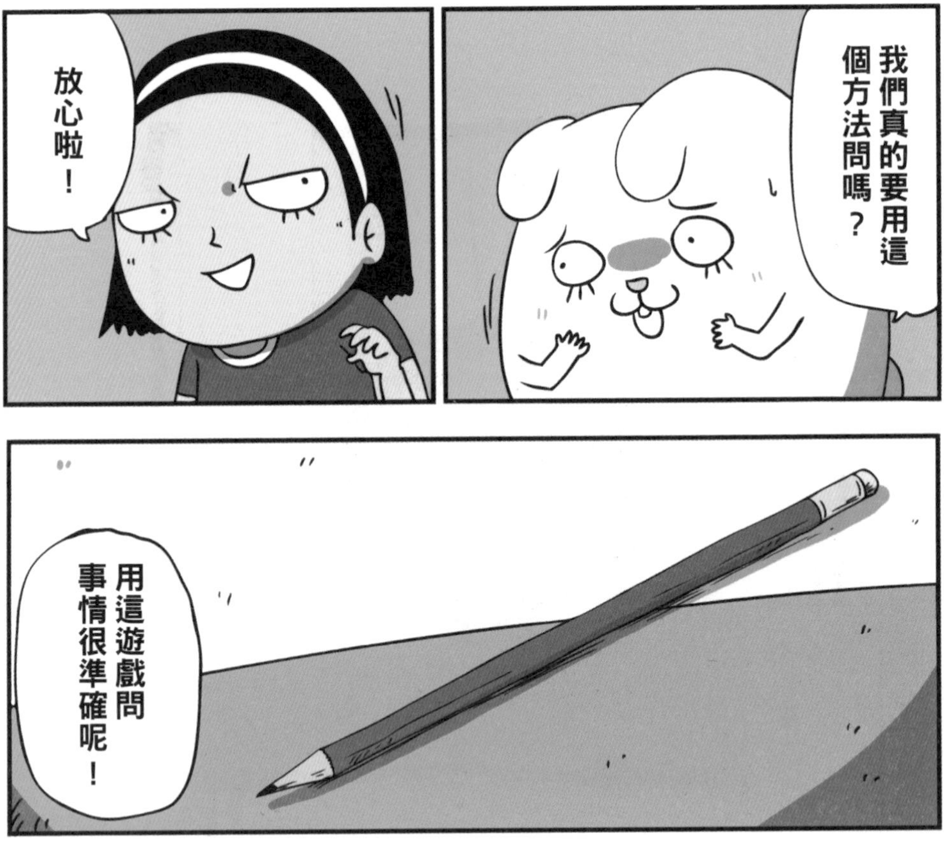
我們真的要用這個方法問嗎？
放心啦！
用這遊戲問事情很準確呢！

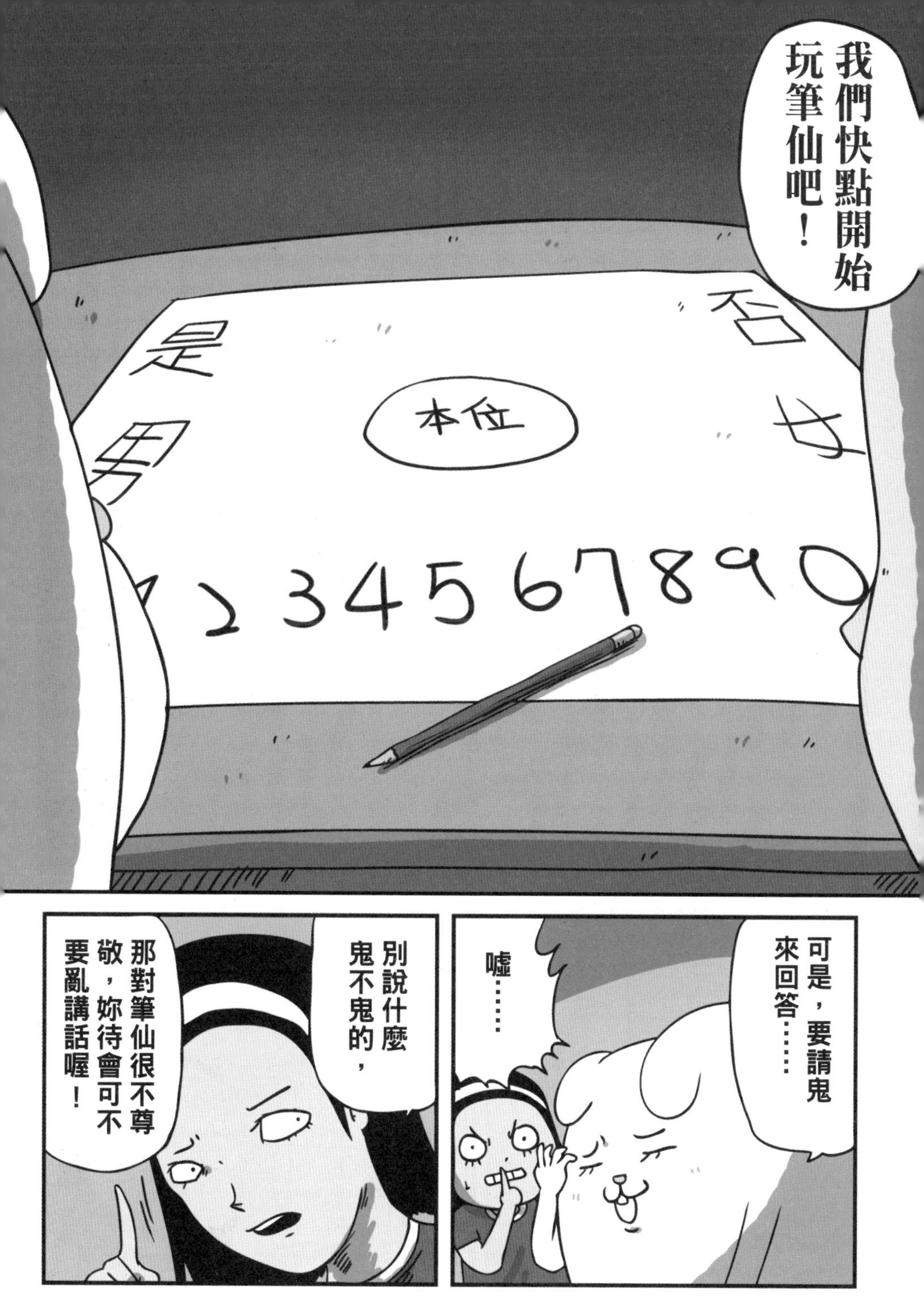
我們快點開始玩筆仙吧！
是
否
本位
男
女
1234567890
可是，要請鬼來回答……
噓……
別說什麼鬼不鬼的，
那對筆仙很不尊敬，妳待會可不要亂講話喔！

雖然字面上是請神仙幫忙指點迷津，
345678
不過這玩法，
可是不折不扣的——
降靈遊戲喔！
「筆仙」是對他們的尊稱，
畢竟我們要請他們幫忙，所以千萬不要得罪他們！
那麼，我們就開始囉！

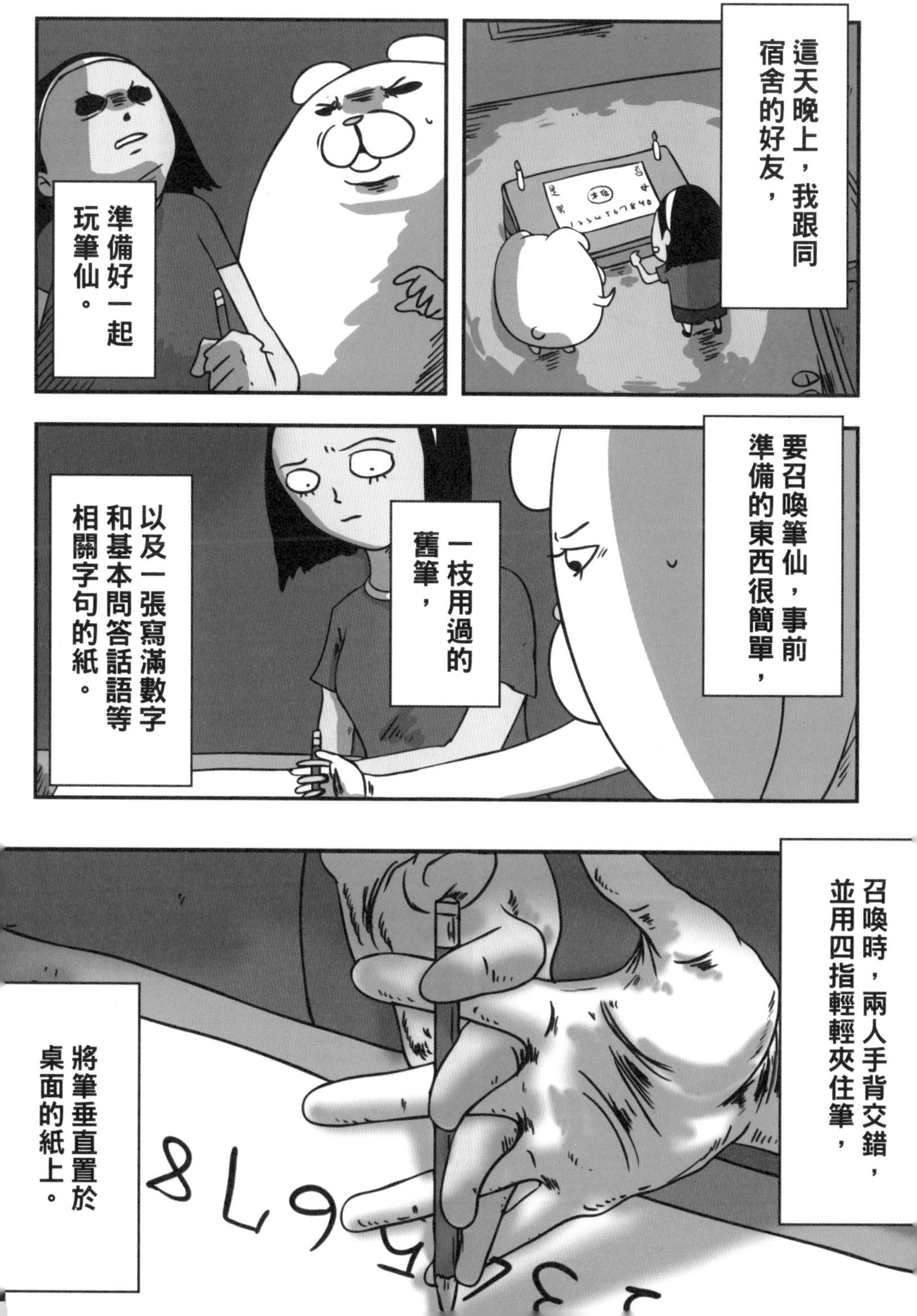
這天晚上，我跟同宿舍的好友，
準備好一起玩筆仙。
要召喚筆仙，事前準備的東西很簡單，
一枝用過的舊筆，
以及一張寫滿數字和基本問答話語等相關字句的紙。
召喚時，兩人手背交錯，並用四指輕輕夾住筆，
將筆垂直置於桌面的紙上。

房間裡最好不要開燈，用蠟燭代替，
比較容易召喚出靈魂，
筆尖移到本位區的圓圈裡後，
就可以開始進行了！
筆仙筆仙快快來……
筆仙筆仙快快來……
筆仙筆仙快快來……
昏暗的房間裡，我們不斷唸著請筆仙的咒語，
不知道是不是錯覺，

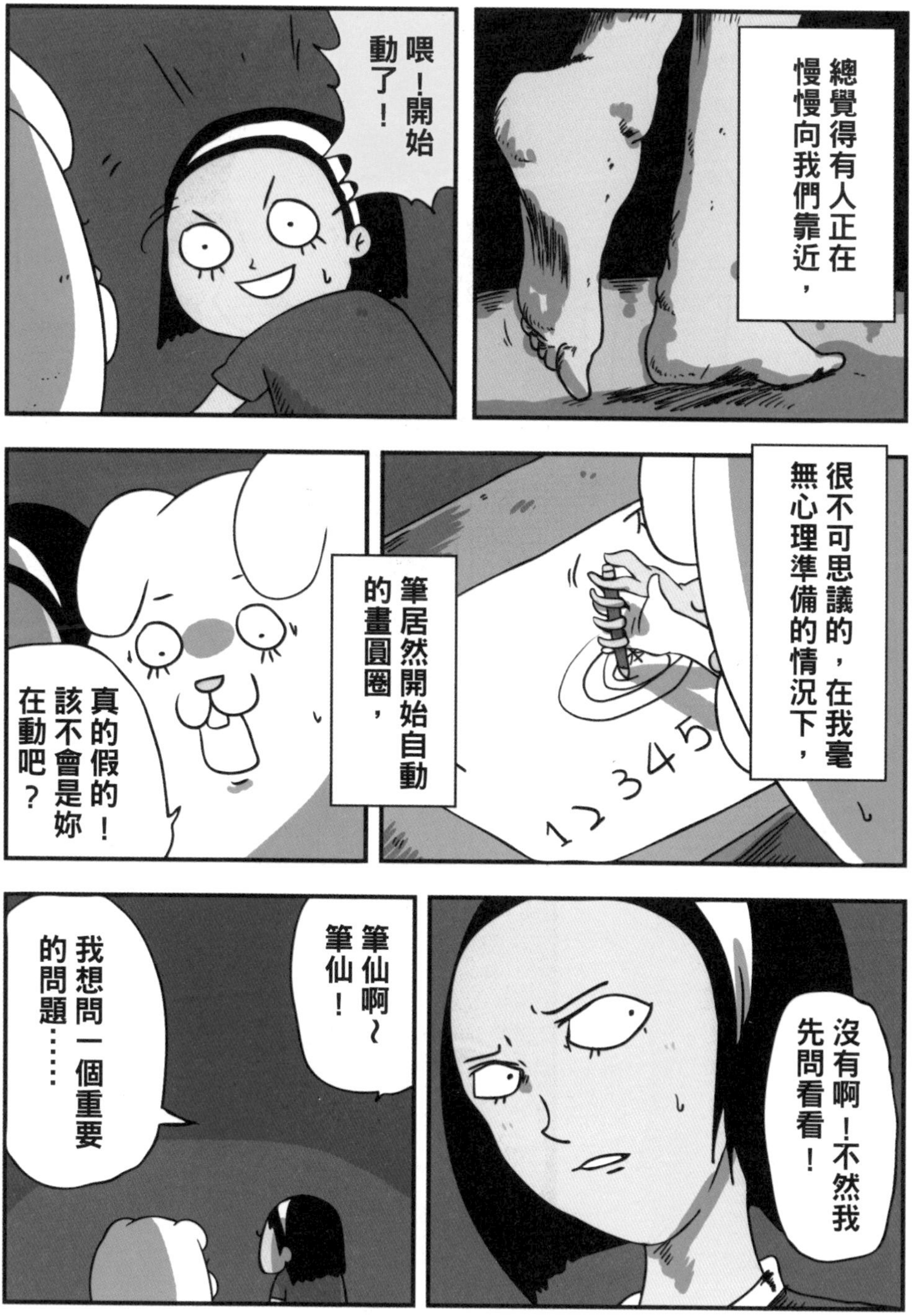
總覺得有人正在慢慢向我們靠近，
喂！開始動了！
很不可思議的，在我毫無心理準備的情況下，
筆居然開始自動的畫圓圈，
12345
真的假的！該不會是妳在動吧？
沒有啊！不然我先問看看！
筆仙啊～筆仙！
我想問一個重要的問題……

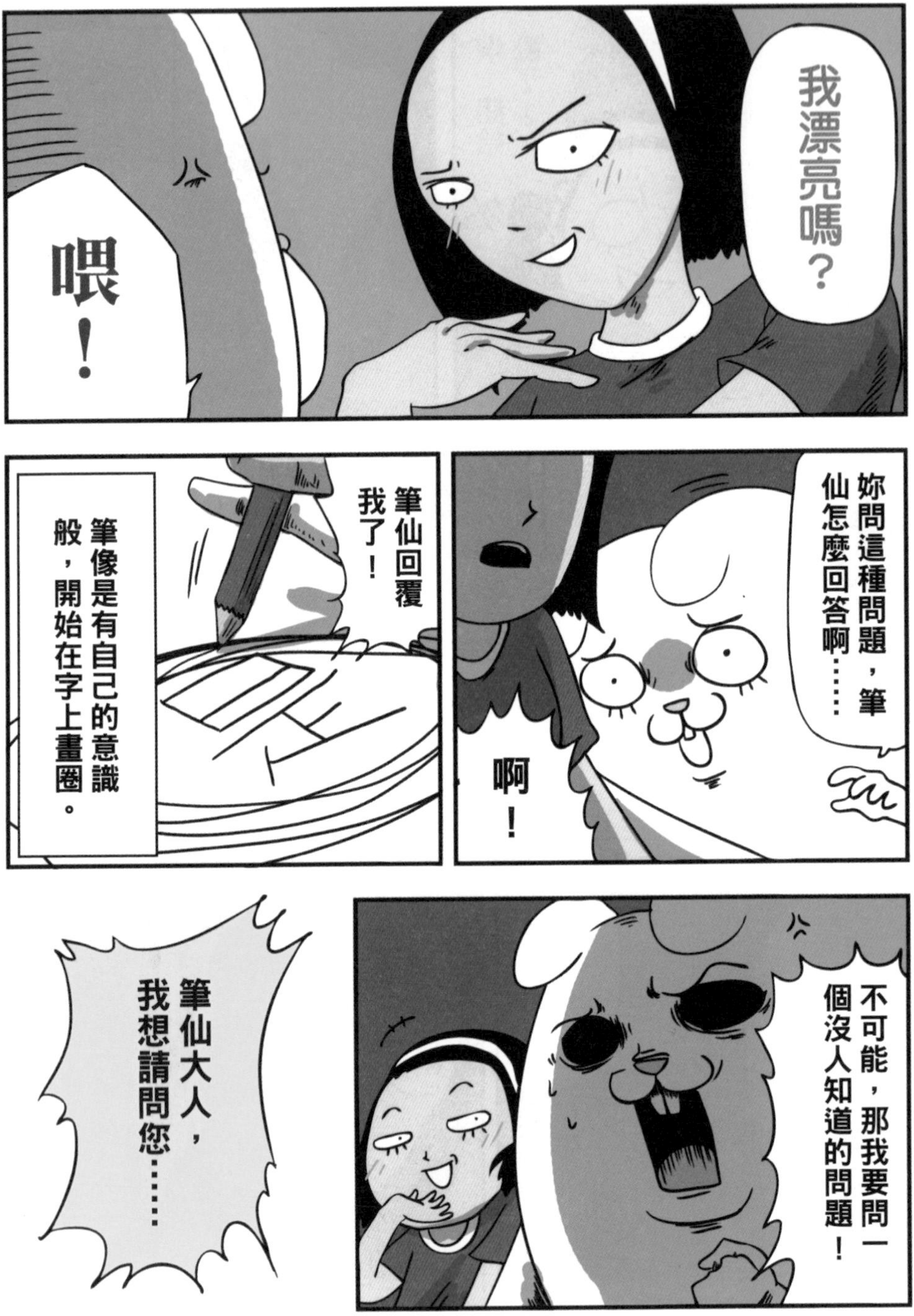
我漂亮嗎？
喂！
妳問這種問題，筆仙怎麼回答啊……
啊！
筆仙回覆我了！
筆像是有自己的意識般，開始在字上畫圈。
不可能，那我要問一個沒人知道的問題！
筆仙大人，我想請問您……

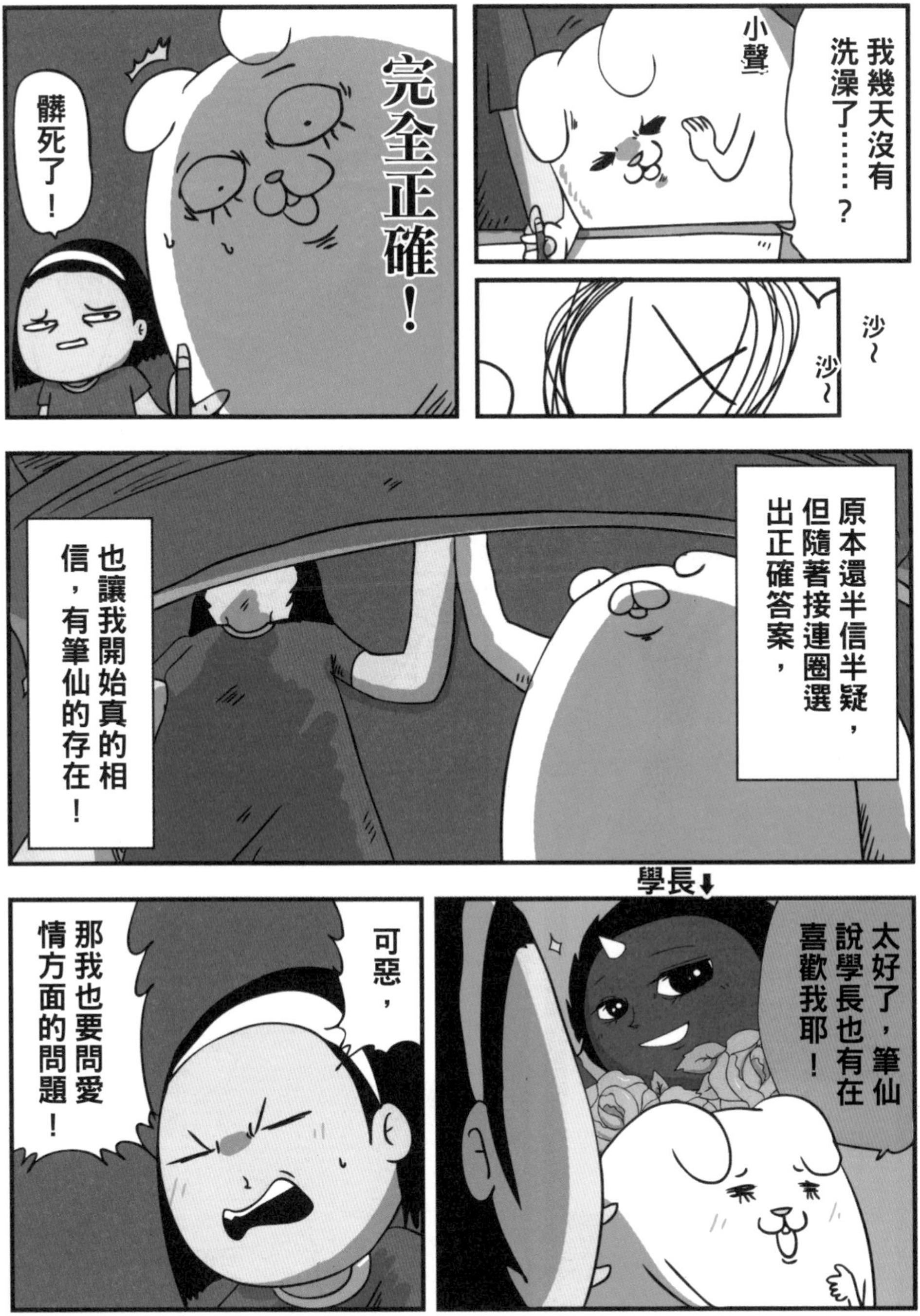
我幾天沒有洗澡了……？
小聲
沙~
沙~
完全正確！
髒死了！
原本還半信半疑，但隨著接連圈選出正確答案，
也讓我開始真的相信，有筆仙的存在！
太好了，筆仙說學長也有在喜歡我耶！
學長
可惡，
那我也要問愛情方面的問題！

明天就來跟學長告白看看好了……
咦!?
突然間，一股巨大的力量拉扯著我的手！
痛……
怎麼回事啊？
我剛剛只是問了筆仙……
啪！
糟糕！蠟燭……
筆開始胡亂畫圈，桌上蠟燭也被掃掉，
房間瞬間回歸黑暗，

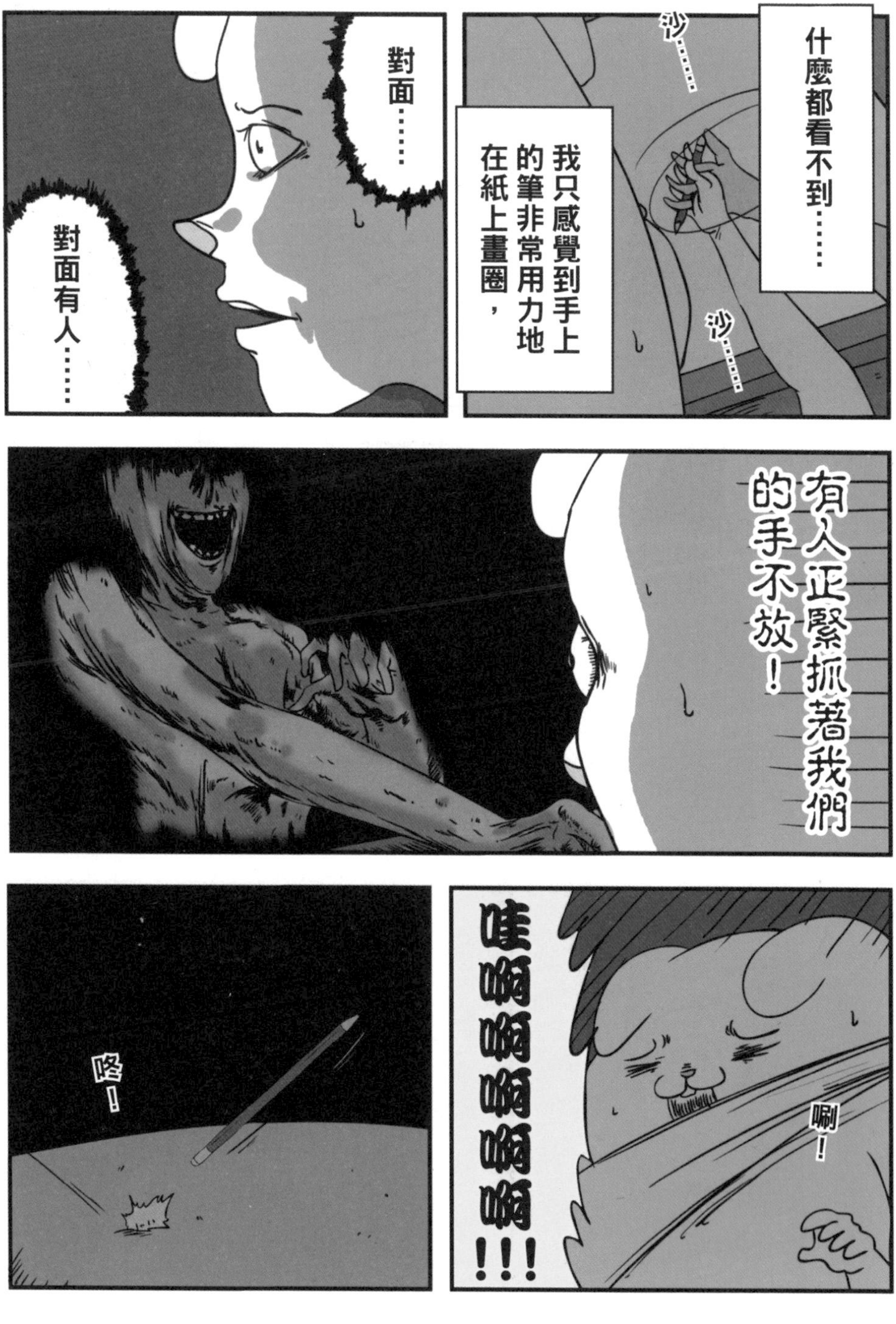
什麼都看不到……
沙……
沙……
我只感覺到手上的筆非常用力地在紙上畫圈，
對面……
對面有人……
有人正緊抓著我們的手不放！
哇啊啊啊啊啊!!!
唰！
咚！

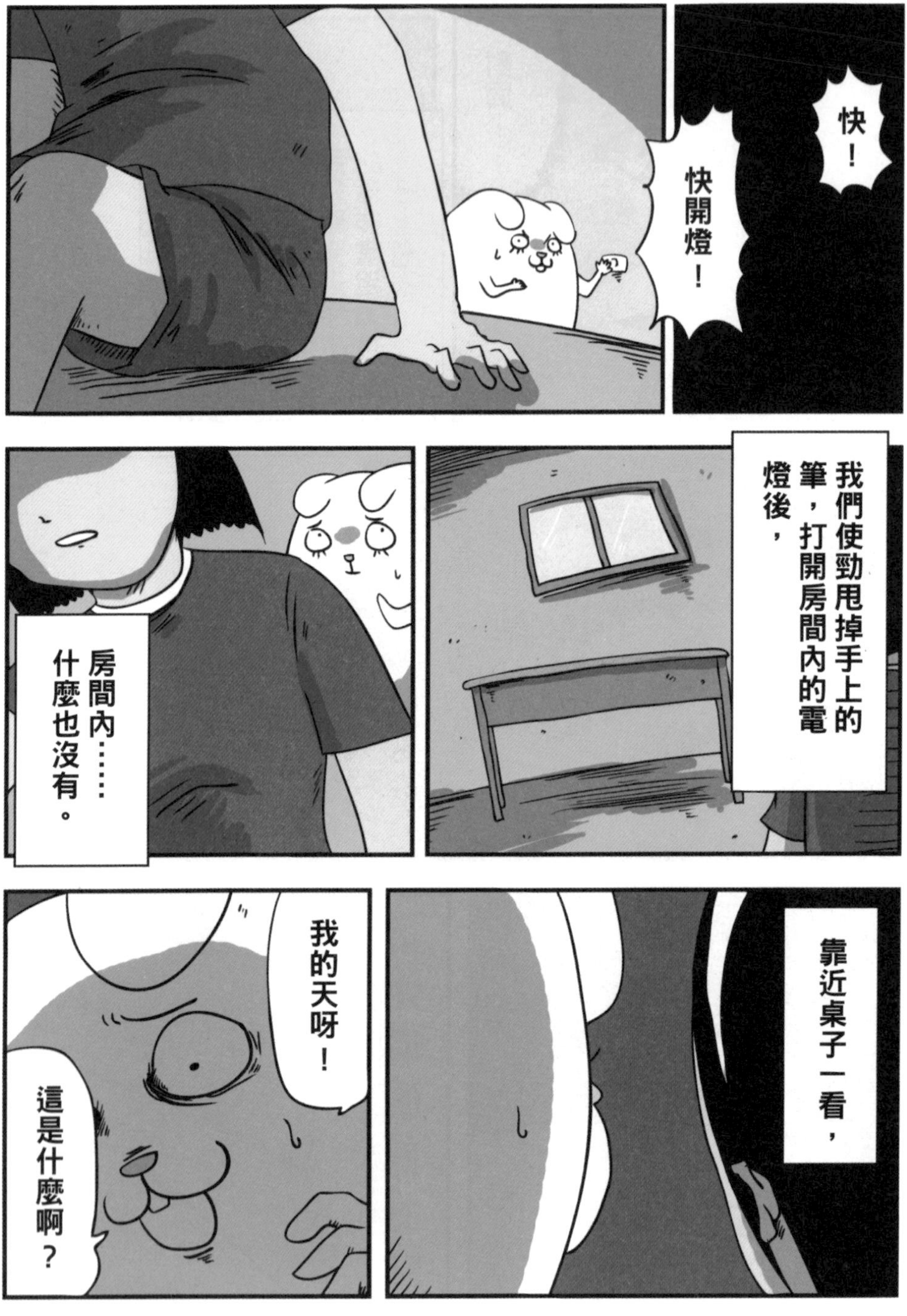
快！
快開燈！
我們使勁甩掉手上的筆，打開房間內的電燈後，
房間內……什麼也沒有。
靠近桌子一看，
我的天呀！
這是什麼啊？

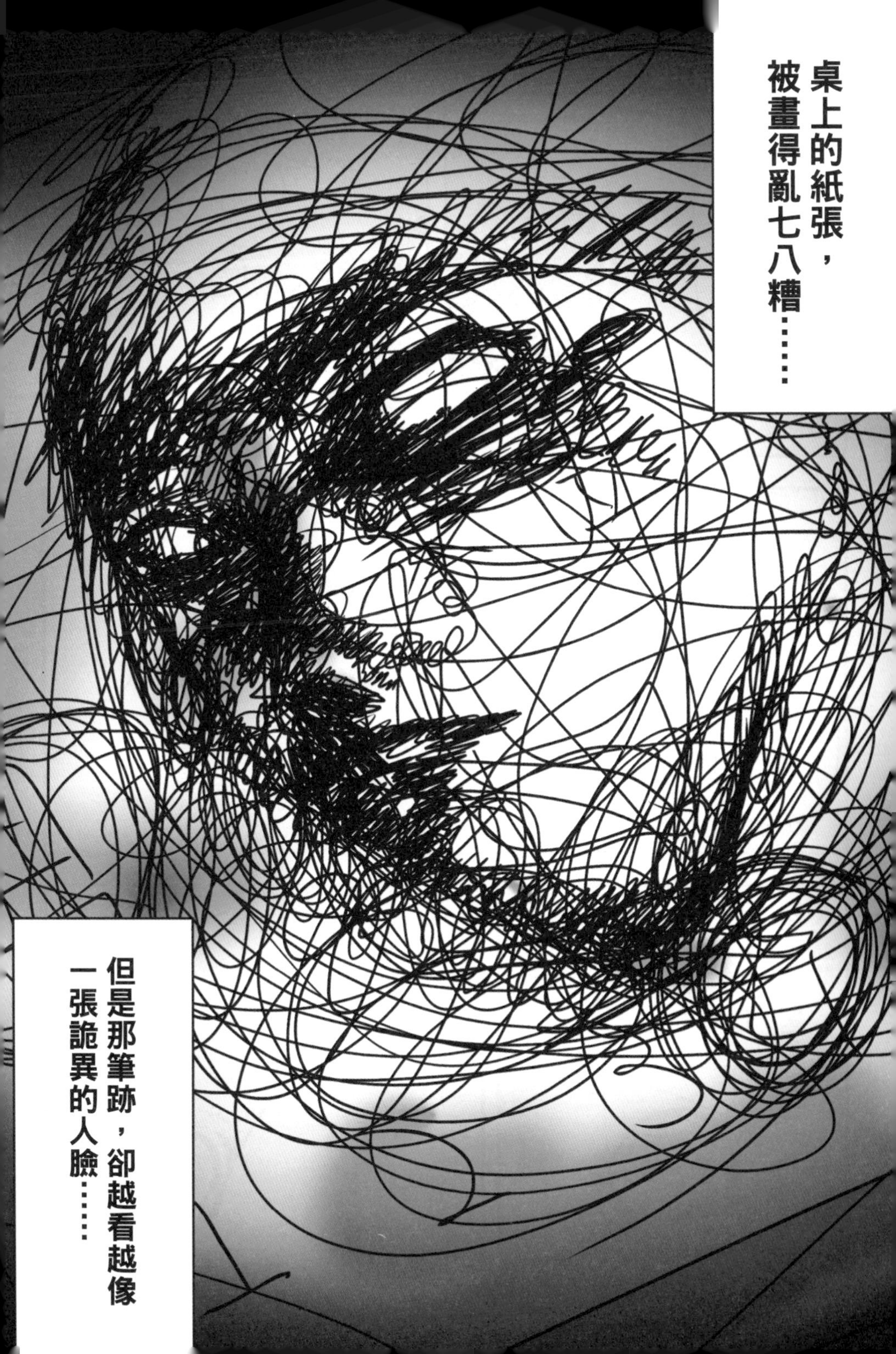
桌上的紙張，被畫得亂七八糟……
但是那筆跡，卻越看越像一張詭異的人臉……

妳到底問了筆仙什麼事情啊？
我……我只是問說……
我未來的……
男友長什麼模樣……
蛤？
妳也知道我單身很久了，也想問問未來的另一半嘛！
想說筆仙會寫給我看，
不過我倒是沒想到，
筆仙居然會用畫的！

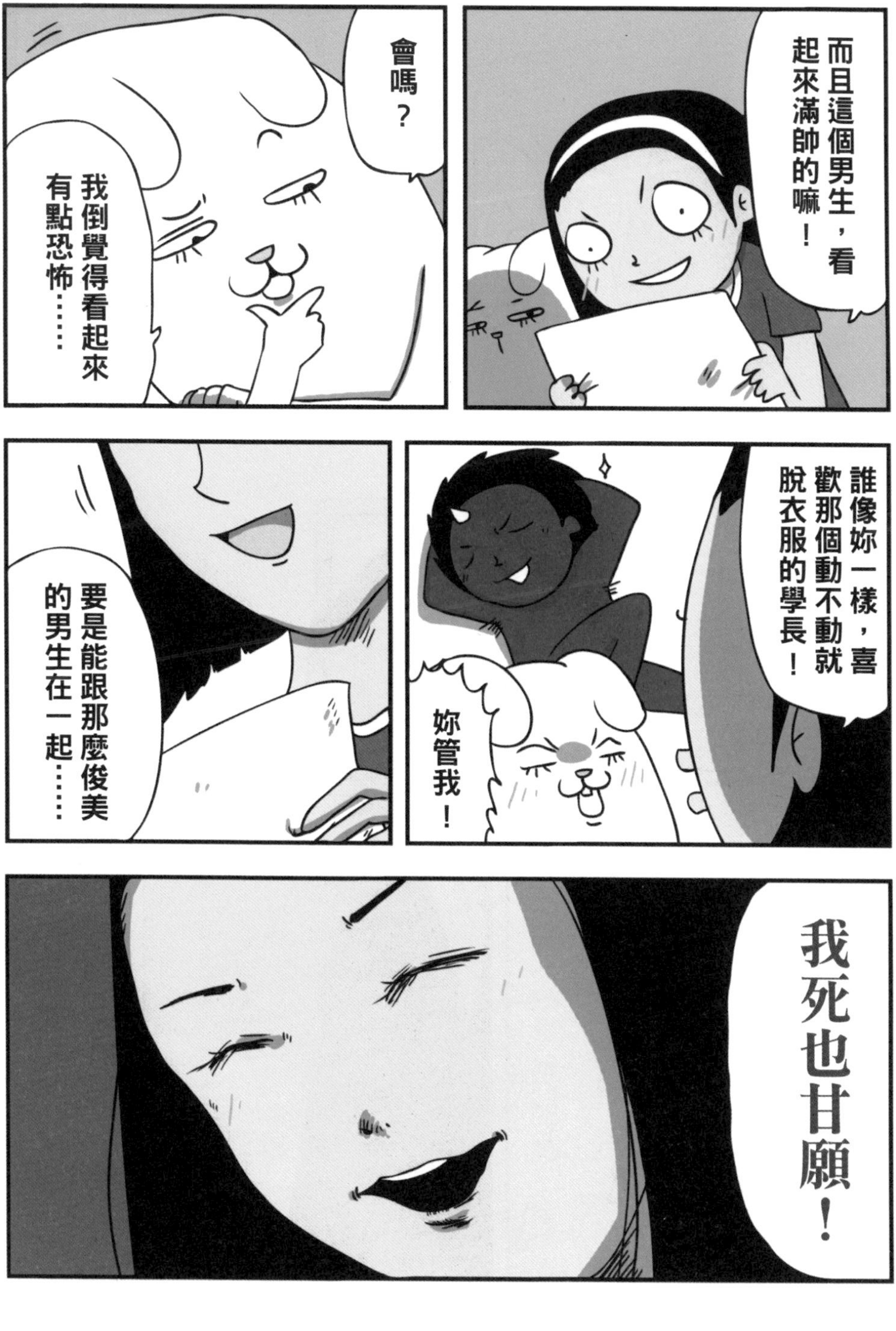
而且這個男生，看起來滿帥的嘛！
會嗎？
我倒覺得看起來有點恐怖……
誰像妳一樣，喜歡那個動不動就脫衣服的學長！
妳管我！
要是能跟那麼俊美的男生在一起……
我死也甘願！

雖然是玩笑話，
但是當朋友說完這句話後，
我感覺非常不舒服。
沒想到幾天之後，
她居然……跳樓自殺死了。
毫無徵兆，就這麼走了……
唉~當時要是我多留意點就不會發生種事情了！

為什麼這樣說？
嗯？
其實她跳樓的那一天，
我剛好有遇到她。
那天晚上，我正準備回宿舍，
鑰匙……
女生？
喂！同學，這裡是男生宿舍喔！
妳是不是走錯啦？
我要……
找……

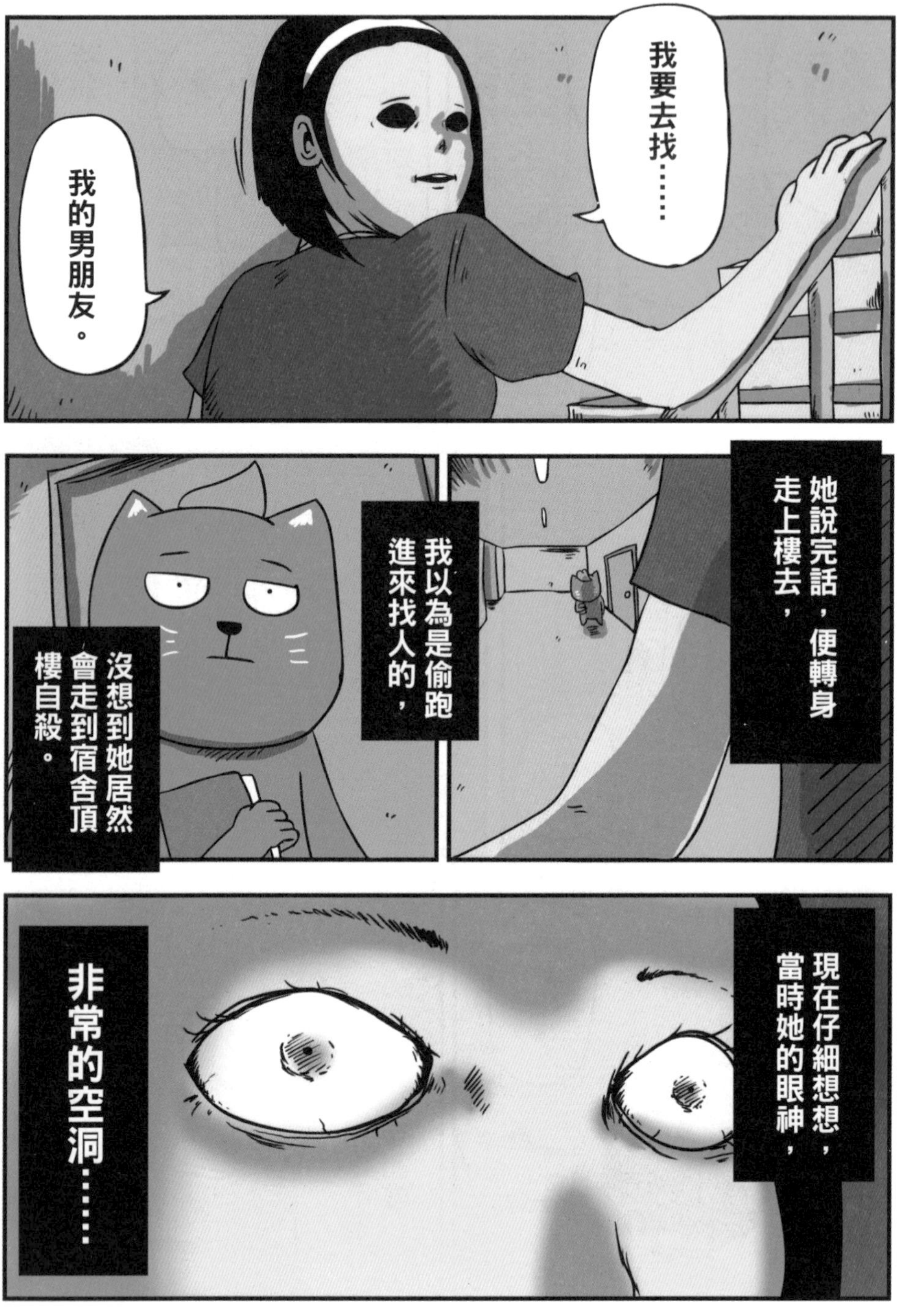
我要去找……
我的男朋友。
她說完話，便轉身走上樓去，
我以為是偷跑進來找人的，
沒想到她居然會走到宿舍頂樓自殺。
現在仔細想想，當時她的眼神，
非常的空洞……

男朋友？
可是她沒有在跟誰交往啊！
奇怪，我明明聽到她這樣說啊……
對了，當時目擊現場的人說，
她墜樓後，手裡拿著一張畫像，
看起來，像是用筆隨意圈畫的男子肖像，
而且她臉上……

洋溢著詭異的笑容……
這時我才明白，
當時的筆仙就是畫中的男生！

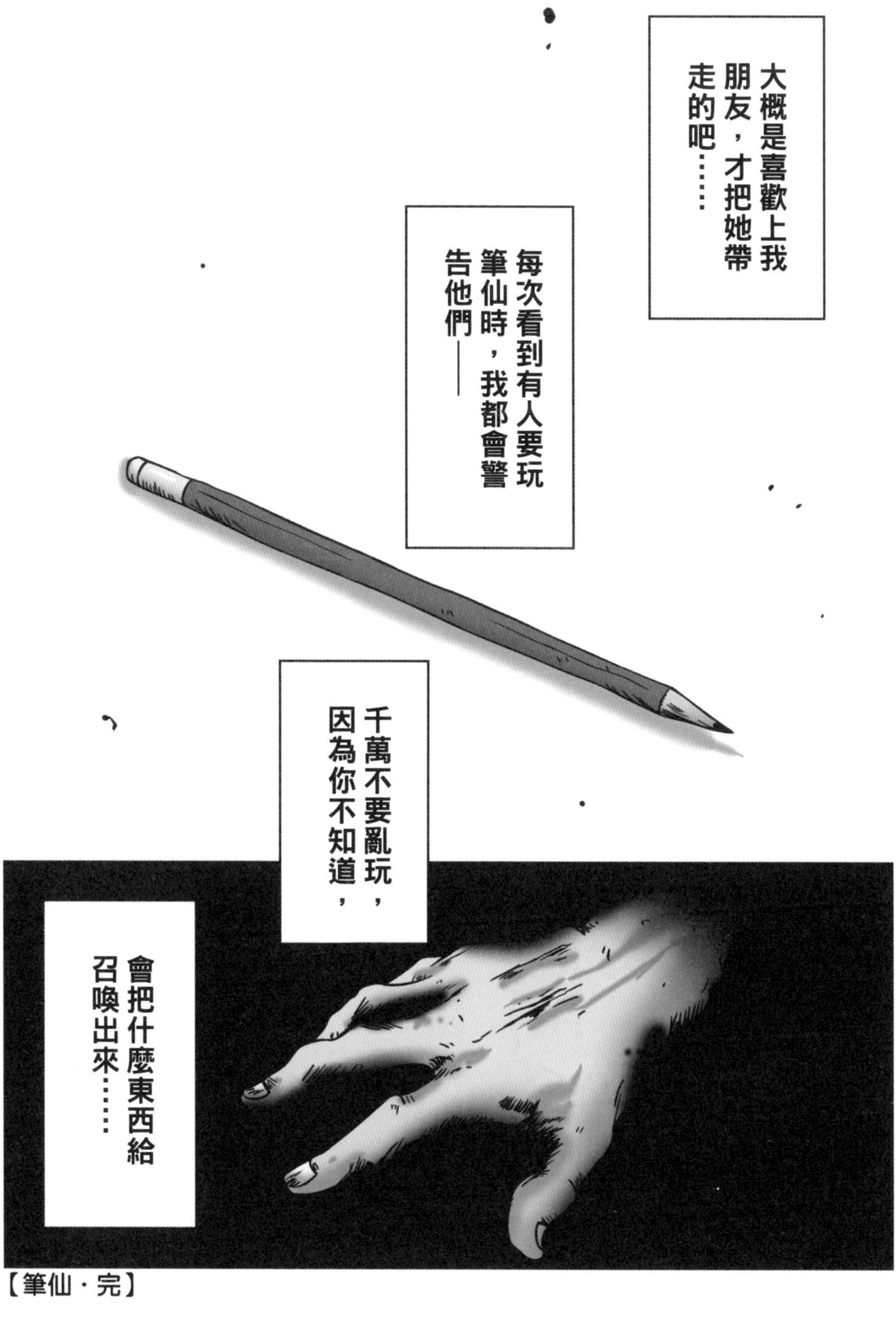
大概是喜歡上我朋友，才把她帶走的吧……
每次看到有人要玩筆仙時，我都會警告他們——
千萬不要亂玩，因為你不知道，
會把什麼東西給召喚出來……

【筆仙・完】

曾經在截稿前對著筆下跪的圖文作家。
拜託啦！
請幫我畫漫畫！筆仙大人！

第五個人

我說啊……
那個故事，是真的嗎？
那故事聽起來超恐怖的！
假的啦！只不過是網路謠言罷了。
什麼假的，
這件事是真實發生過啊！

關於「四角遊戲」的故事……
那是發生在一個正吹著暴風雪的高山上。
有支登山隊伍遇難，被迫困在山中小屋。
他們沒有食物、無法生火，救難隊最快也得等到早上才能趕到救援。
登山隊的四個人分別蹲坐在屋內的四個角落。

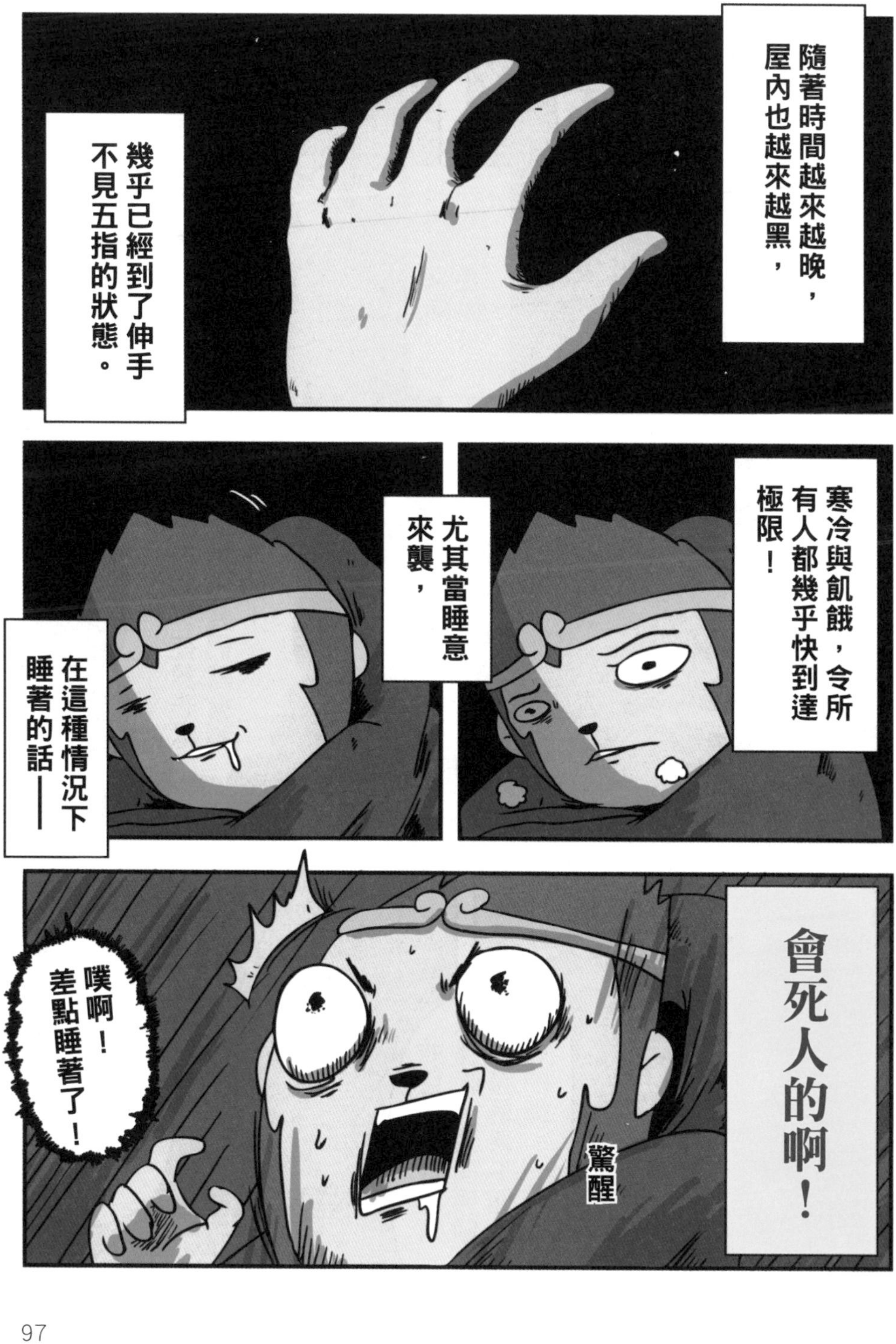
隨著時間越來越晚，屋內也越來越黑，
幾乎已經到了伸手不見五指的狀態。
寒冷與飢餓，令所有人都幾乎快到達極限！
尤其當睡意來襲，
在這種情況下睡著的話——
會死人的啊！
驚醒
噗啊！差點睡著了！

此時，隊長在黑暗的房間中，
站起來向大家喊話。
大家……聽我說！
再這樣下去，在救難隊到達之前，我們就會睡著、凍死的！
我有個提議──
從我開始，沿著牆壁走到下一個人所在的角落，
並且拍打對方的肩膀，再換那個人繼續朝下個角落前進，

我們只要不斷地互相拍對方肩膀，搖醒同伴，
就不怕有人會睡著了！
那天晚上，大家一起照著這個方式，
一直互相拍肩膀，終於撐到早上，
最後也幸運獲救了！
後來有記者向他們詢問獲救的過程，
聽完後，大家反而覺得奇怪，

照你這樣說，
這個方法……
記者
咦？
四個人根本無法完成啊！
你想想看，一開始你就從角落離開去拍下一個人的肩膀，
第二個人接著拍第三個人，
第三個人再去拍第四個，
當第四個人回到第一個位置時，

那邊……
根本就不會有人……
也就是說，當時那個黑暗的山中小屋裡，
多了第五個人，
跟他們在小屋裡，待了一整晚……
所以今天呢，我們就要來驗證看看，
地下室

這個傳說中的「四角遊戲」，
是不是真的會多一個人出來！
這是哪裡啊？
很酷吧？
這是學校裡的一個地下室，

只要關上門，就是全黑狀態，
玩這遊戲最適合了！
來吧！
大家各自站一個角落！
這天，我們幾個好友半夜相約到學校夜遊。
一時興起，
大家都站好了嗎？
那麼，我們就開始囉！
啪喳！
我們開始玩起網路上盛傳的遊戲，

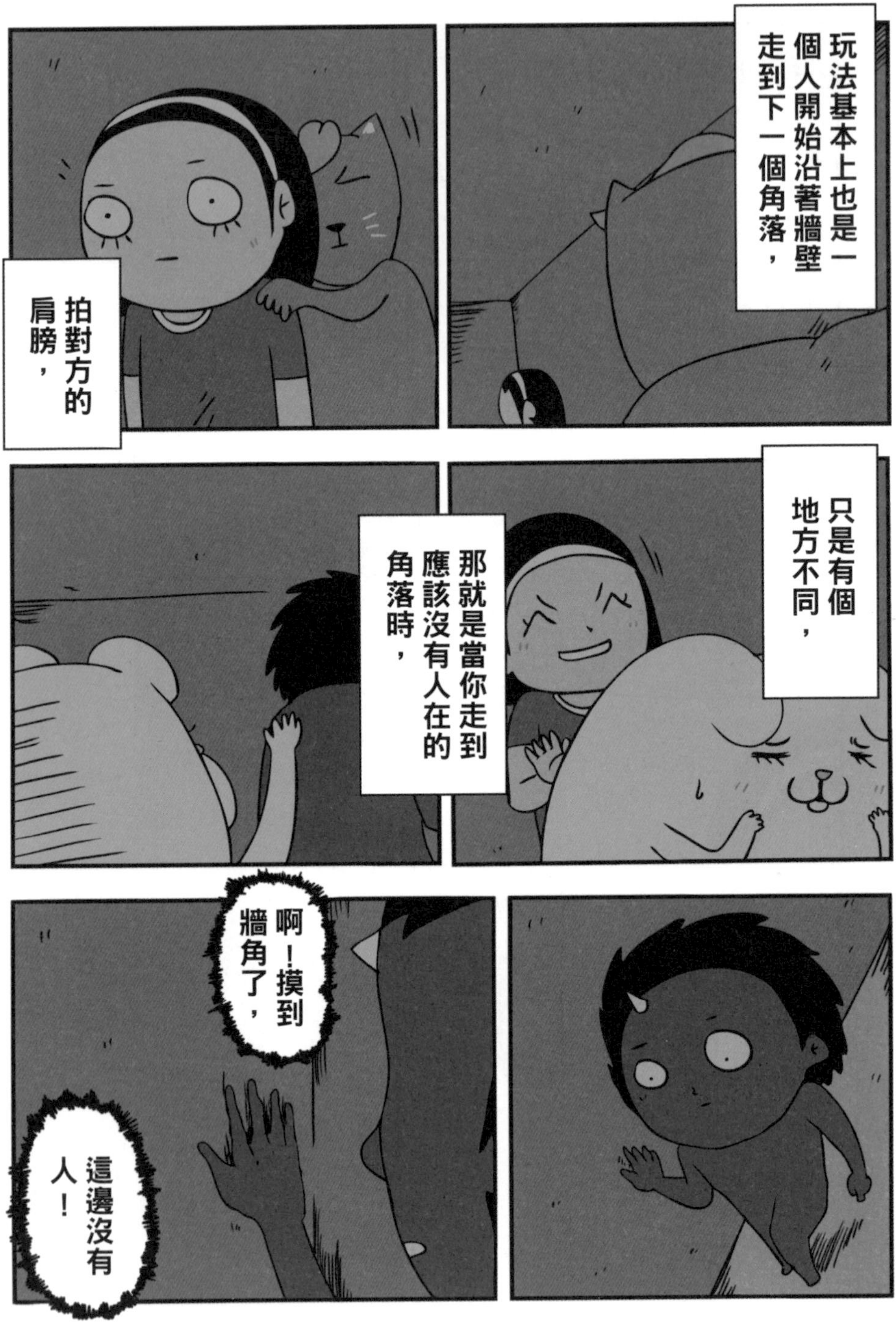
玩法基本上也是一個人開始沿著牆壁走到下一個角落，
拍對方的肩膀，
只是有個地方不同，
那就是當你走到應該沒有人在的角落時，
啊！摸到牆角了，
這邊沒有人！

必須咳嗽一聲，
咳！
讓大家知道這個角落沒有人，
再繼續往下一個角落前進，
這樣就能在遊戲不間斷的情況下，
直到多一個人出現為止。
雖然遊戲很簡單，但是……
咳！
繞好多圈了……
好膩啊……
也很無聊。

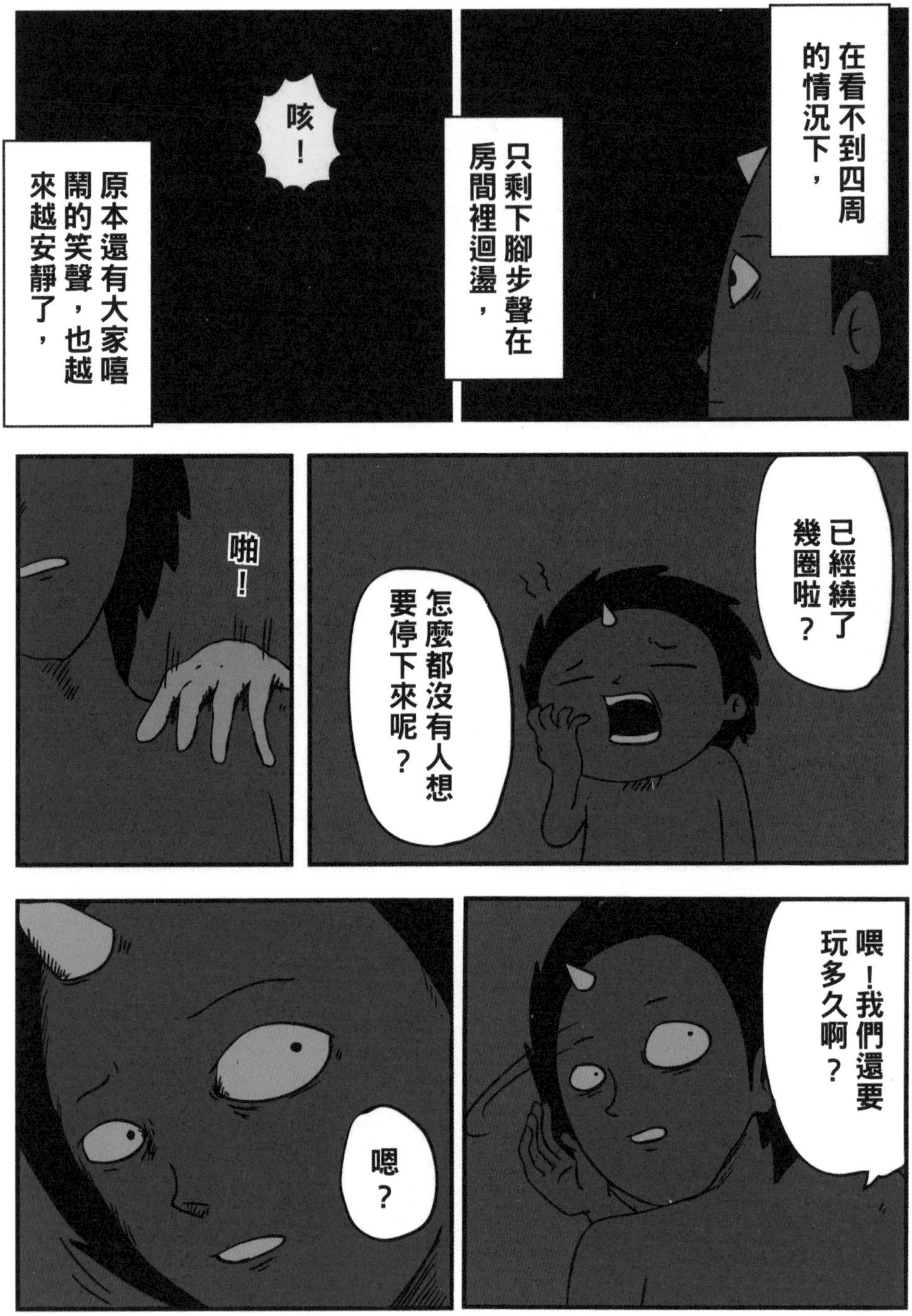
在看不到四周的情況下，
只剩下腳步聲在房間裡迴盪，
咳！
原本還有大家嘻鬧的笑聲，也越來越安靜了，
已經繞了幾圈啦？
怎麼都沒有人想要停下來呢？
啪！
喂！我們還要玩多久啊？
嗯？

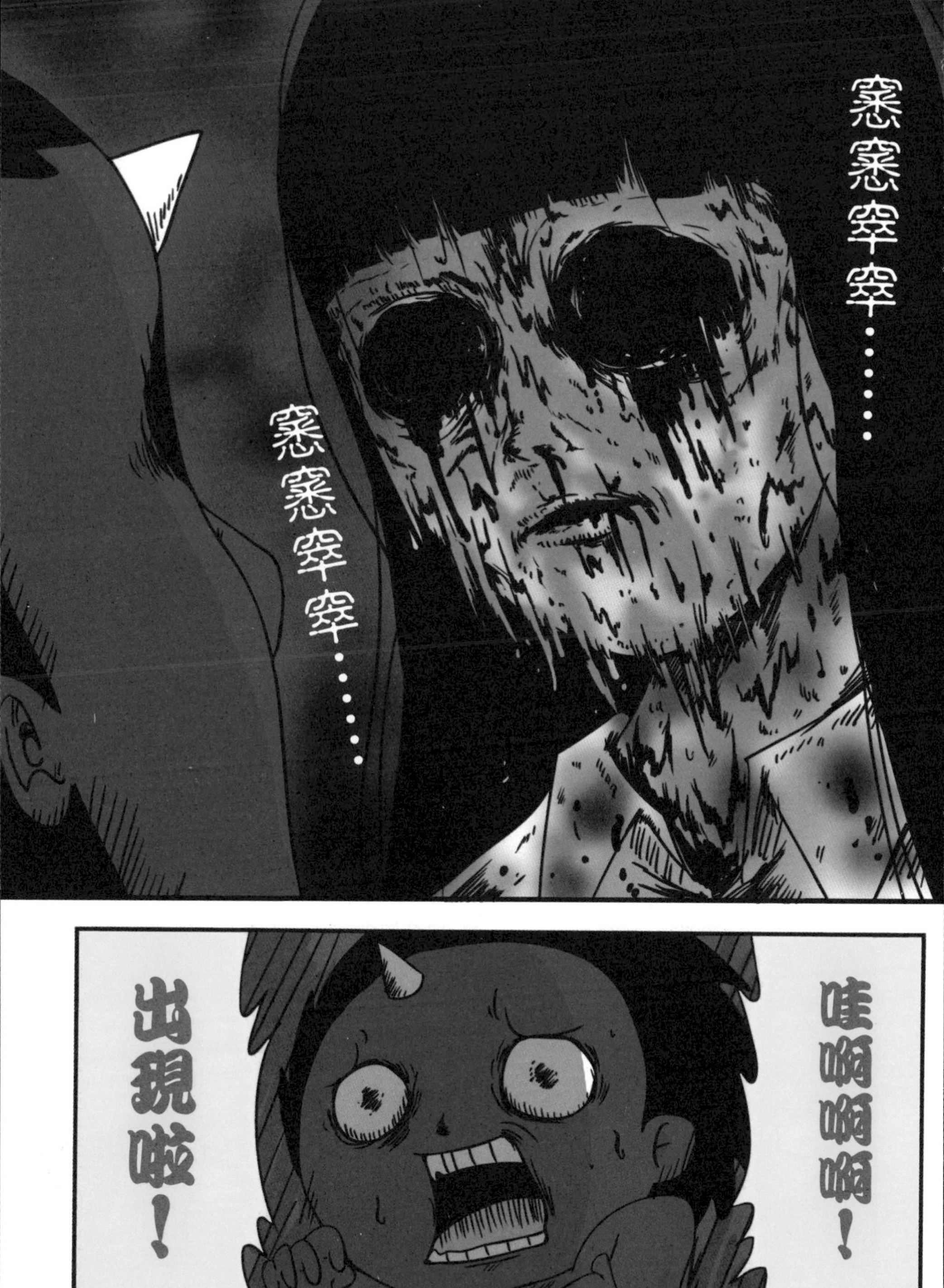
窸窸窣窣……
窸窸窣窣……
哇啊啊啊！
出現啦！

出現啦！
快開燈！
啪！
開燈後才發現，
咦？
我人已經躺在醫院裡，
同學，你還好吧？
後來才從駐校的警衛口中知道，

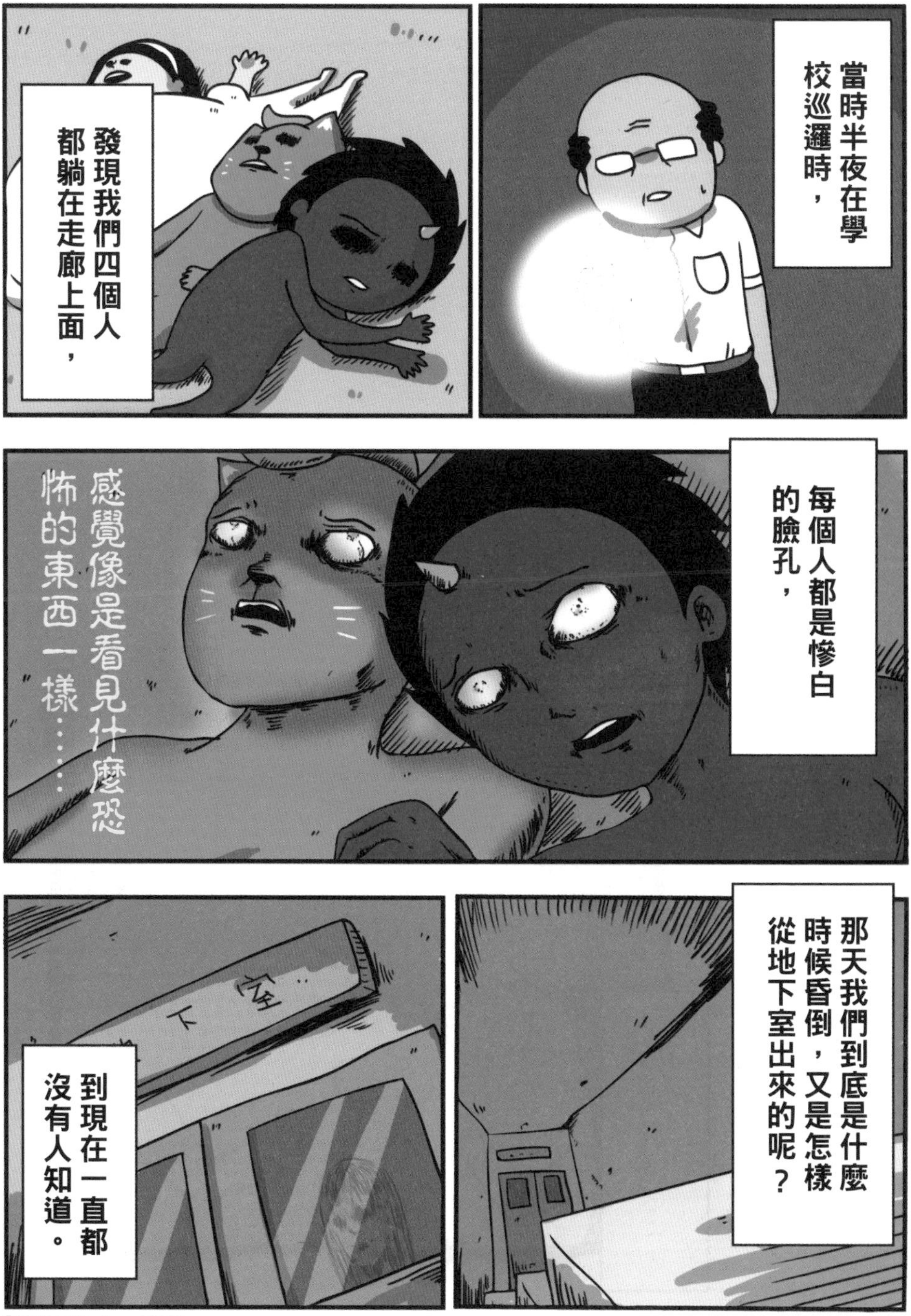
當時半夜在學校巡邏時，
發現我們四個人都躺在走廊上面，
每個人都是慘白的臉孔，
感覺像是看見什麼恐怖的東西一樣……
那天我們到底是什麼時候昏倒，又是怎樣從地下室出來的呢？
到現在一直都沒有人知道。

【第五個人・完】

這時兔子才發現，
她沒有肩膀……

你是誰？

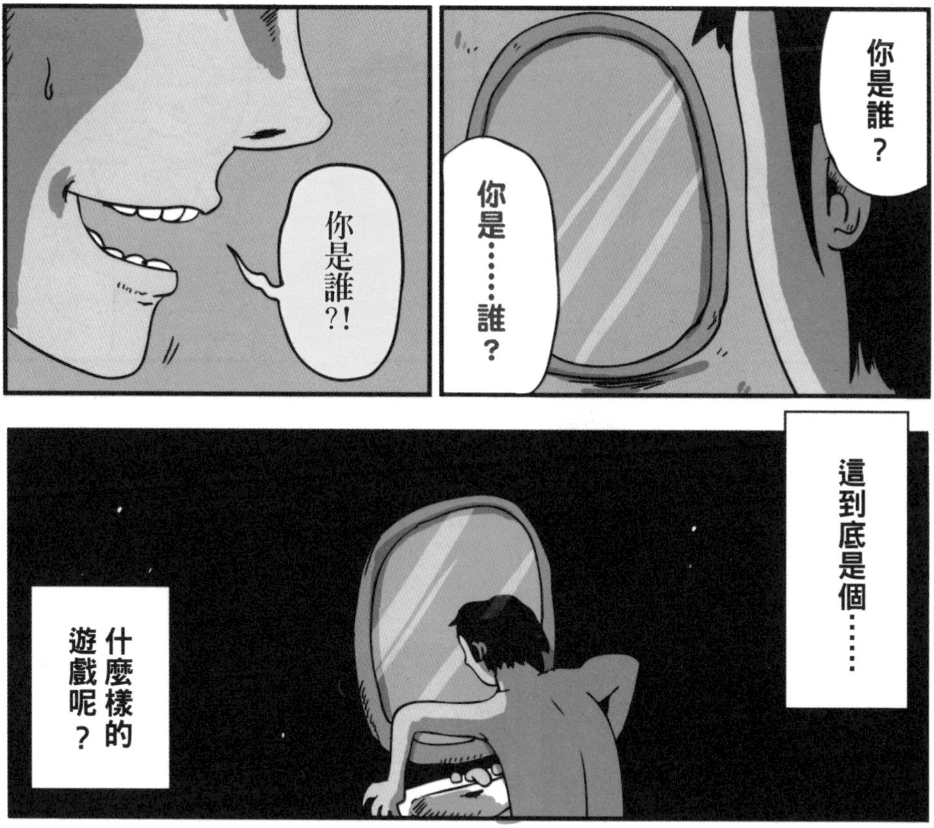
你是誰？
你是……誰？
你是誰?!
這到底是個……
什麼樣的遊戲呢？

一個月前，跟朋友喝酒時聊到這樣的話題……
乾杯！
叩！
過癮啊！果然還是啤酒最棒！
喂！說實話吧！
找我出來喝酒，該不會是想拉保險吧？
什麼啦！你的疑心病還是一樣重啊！
話說最近跟你在一起的那個女生呢？
那個女生啊，分手啦！

只不過上過床，就每天黏著我，超煩人的！
我聽說，那女生還鬧自殺，
在醫院頂樓跳樓呢！
呿！每個女生都這樣，一哭二鬧三上吊！
根本是她自己的問題，難不成還要我去安撫她喔？別開玩笑了！
不談這些啦！最近有沒有什麼好玩的事呀？
我最近聽說有一種很可怕的詛咒遊戲……

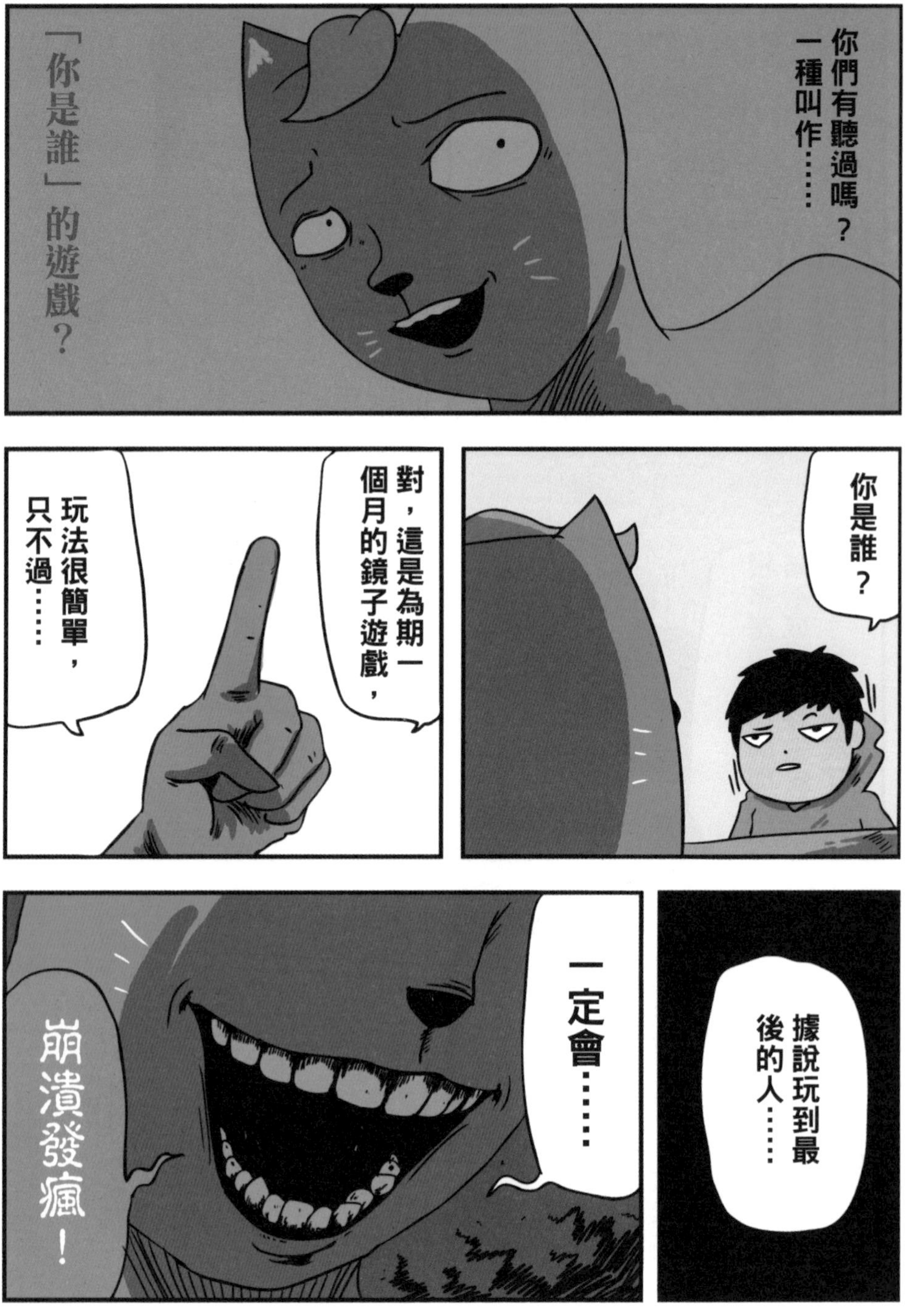
你們有聽過嗎？
一種叫作……
「你是誰」的遊戲？
你是誰？
對，這是為期一個月的鏡子遊戲，
玩法很簡單，只不過……
據說玩到最後的人……
一定會……
崩潰發瘋！

如何？
你敢挑戰看看嗎？
這什麼蠢遊戲啊？
你一定又是從網路上看來的吧！
什麼發瘋崩潰，都是假的啦……
十萬！
咦……？
你說什麼？
賭十萬元！
只要你能成功玩三十天，我就給你十萬！

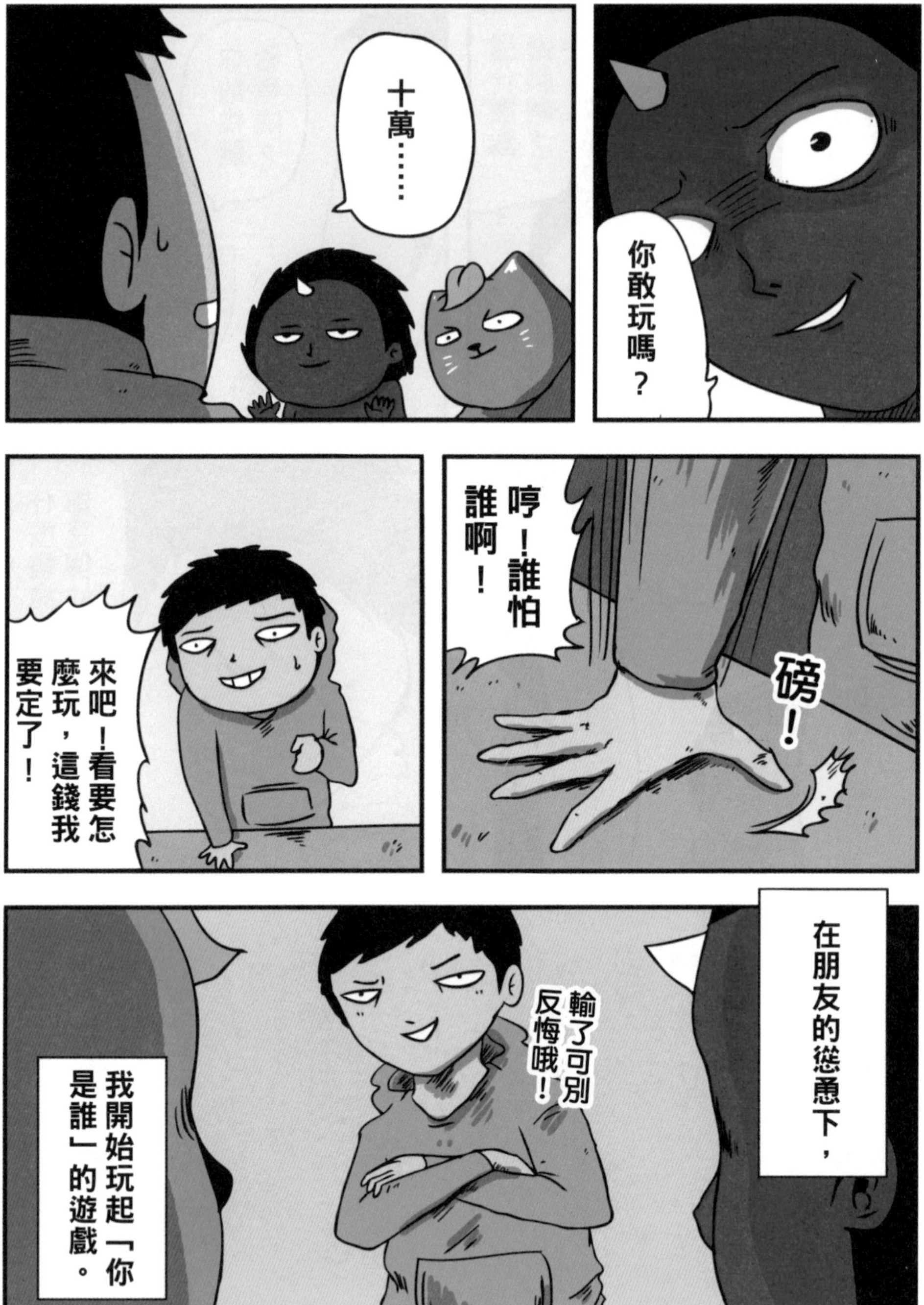
十萬……
你敢玩嗎？
來吧！看要怎麼玩，這錢我要定了！
哼！誰怕誰啊！
磅！
在朋友的慫恿下，
輸了可別反悔哦！
我開始玩起「你是誰」的遊戲。

他們在我家的浴室內，
架設了一臺攝影機，
畫面剛好可以拍到我在鏡子前的動作。
只要我連續三十天，每天半夜在鏡子前，
對著鏡中的自己說十次……
你是誰？

這遊戲太簡單了！
雖然有點無聊，但是為了錢，還是得繼續玩下去。
剛開始的一兩天，並沒有什麼問題。
你是誰？
你是誰？
大約一個禮拜後。
啪！
老闆，對不起！
怎麼又打破杯子啦？
你最近老是心不在焉的，到底在搞什麼東西啊?!
Coffee

我的注意力越來越不集中，
而且不知道為什麼，
打哈欠~
身體一直處於非常疲倦的狀態。
又過了兩個星期。
你是誰？
你是……誰？
我的臉，
開始變得越來越憔悴。

食慾漸漸減少，有時甚至完全沒有胃口。
剛剛客人點什麼咖啡啊……？
記憶力似乎也變差了……
你又在發呆！還不快點去做事！
對不起！
對不起！
……奇怪，
不好意思，請問你是誰啊？

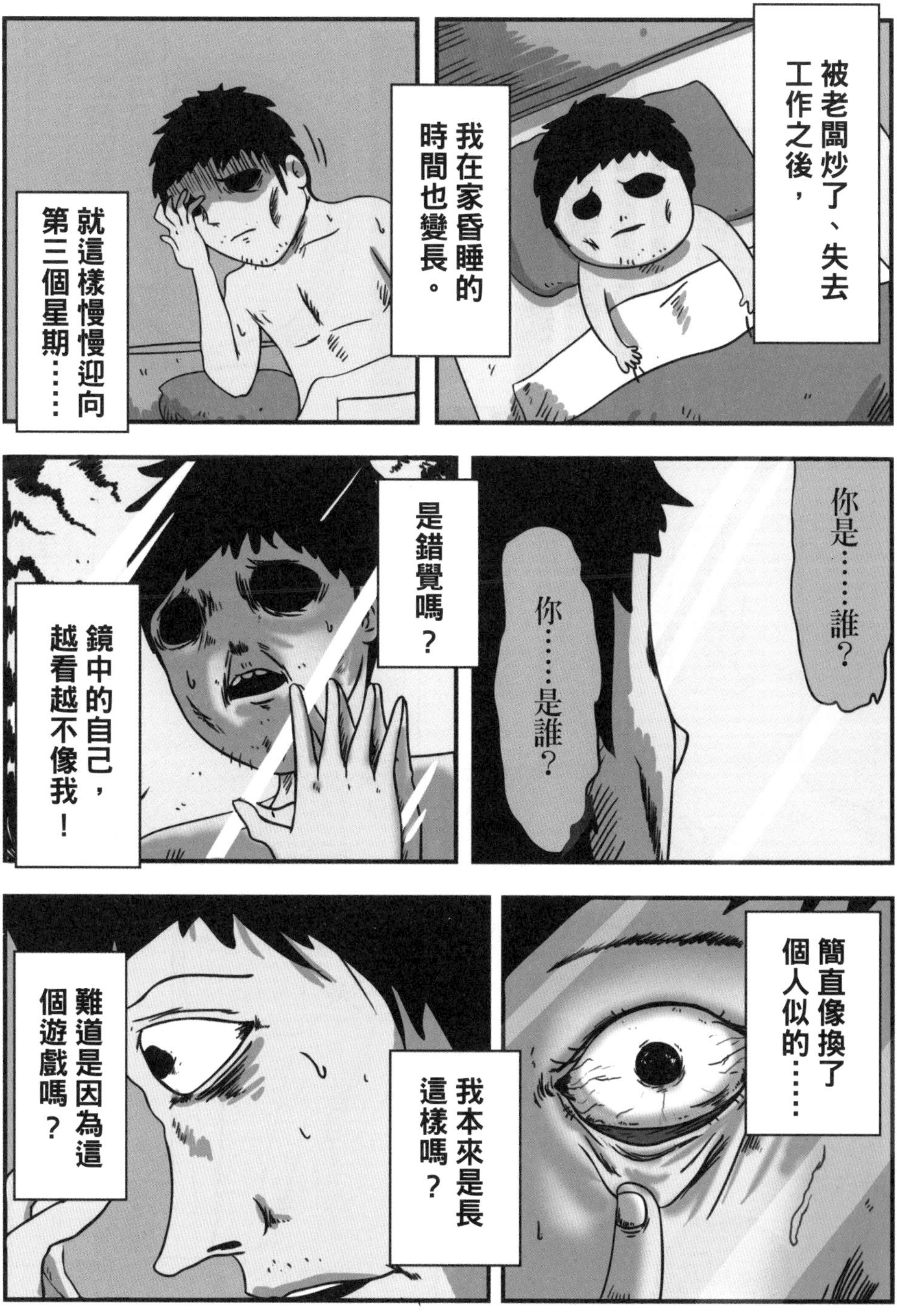
被老闆炒了、失去工作之後，
我在家昏睡的時間也變長。
就這樣慢慢迎向第三個星期……
你是……誰？
你……是誰？
是錯覺嗎？
鏡中的自己，越看越不像我！
簡直像換了個人似的……
我本來是長這樣嗎？
難道是因為這個遊戲嗎？

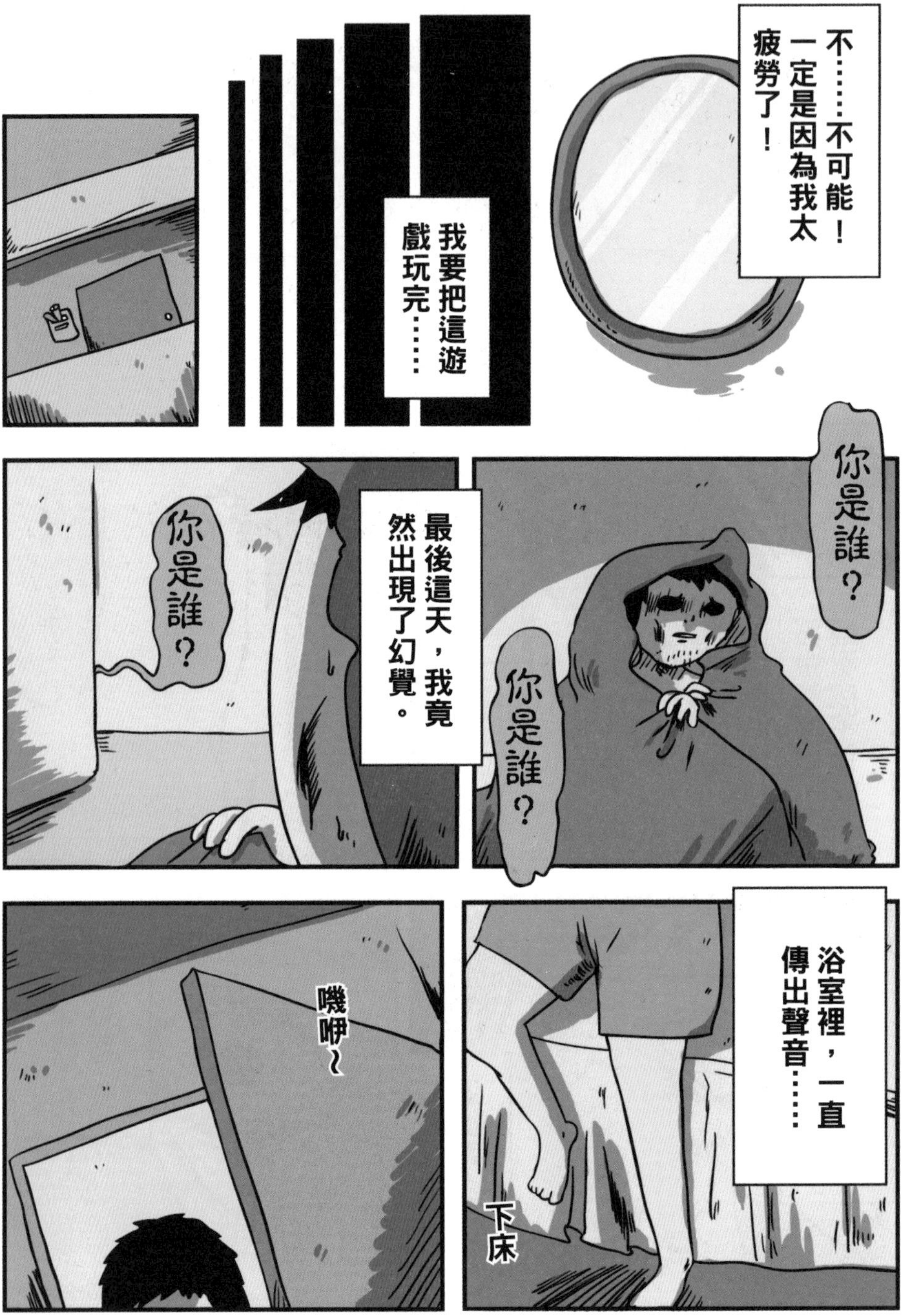
不……不可能！一定是因為我太疲勞了！
我要把這遊戲玩完……
你是誰？
你是誰？
最後這天，我竟然出現了幻覺。
你是誰？
浴室裡，一直傳出聲音……
下床
嘰咿～

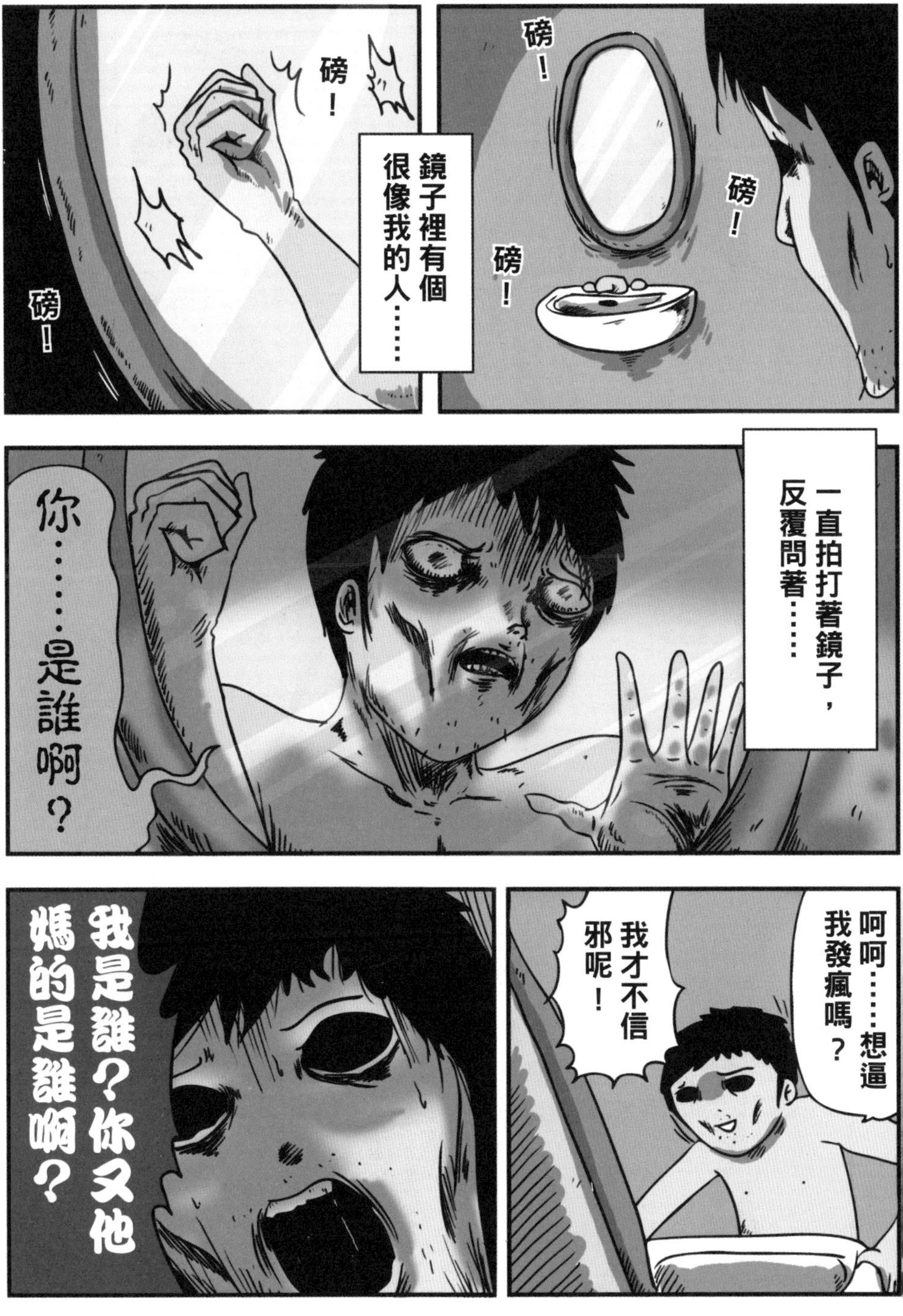
磅！
磅！
磅！
鏡子裡有個很像我的人……
磅！
磅！
一直拍打著鏡子，反覆問著……
你……是誰啊？
呵呵……想逼我發瘋嗎？
我才不信邪呢！
我是誰？你又他媽的是誰啊？

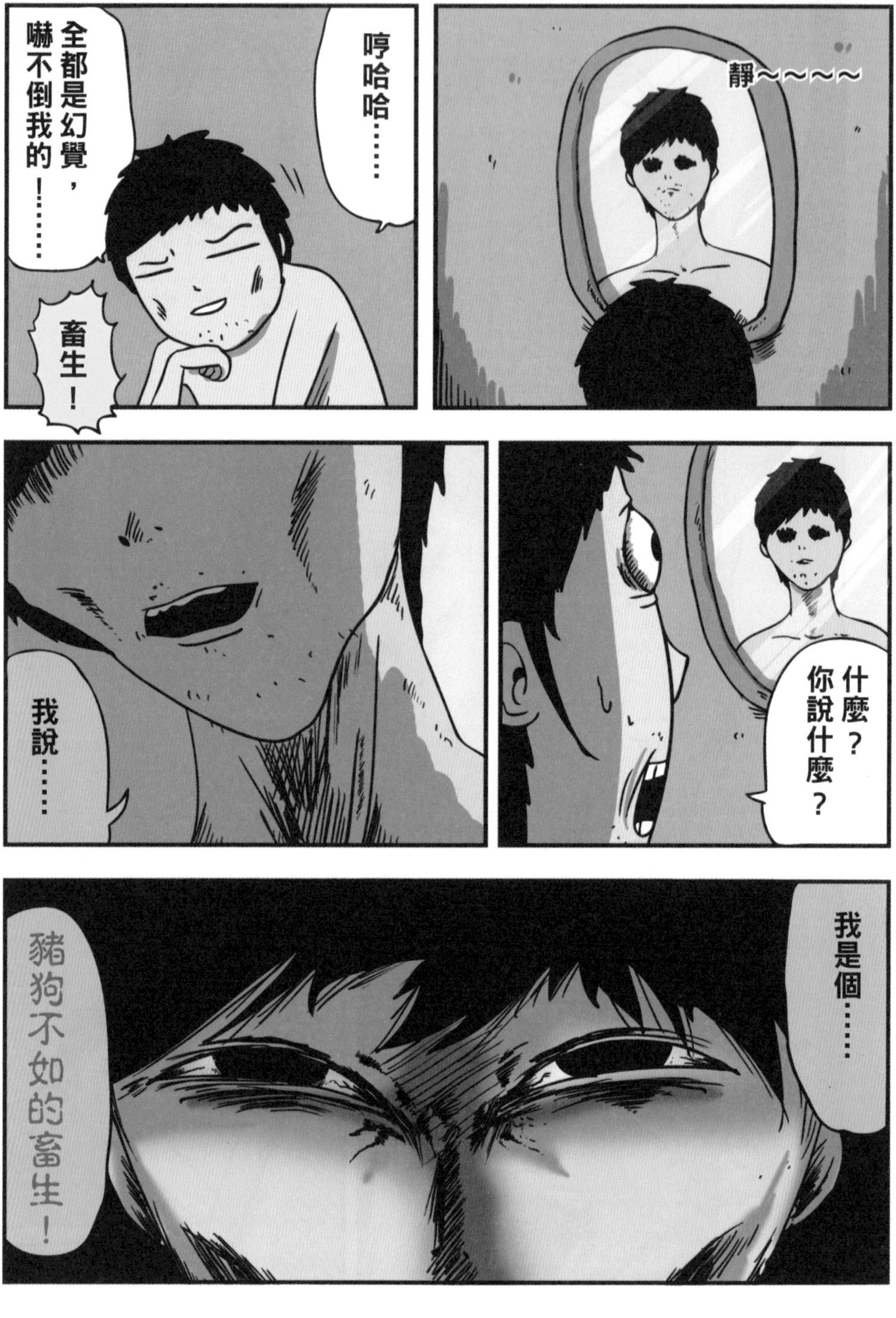
靜～～～～
哼哈哈……
全都是幻覺，嚇不倒我的！……
畜生！
什麼？你說什麼？
我說……
我是個……
豬狗不如的畜生！

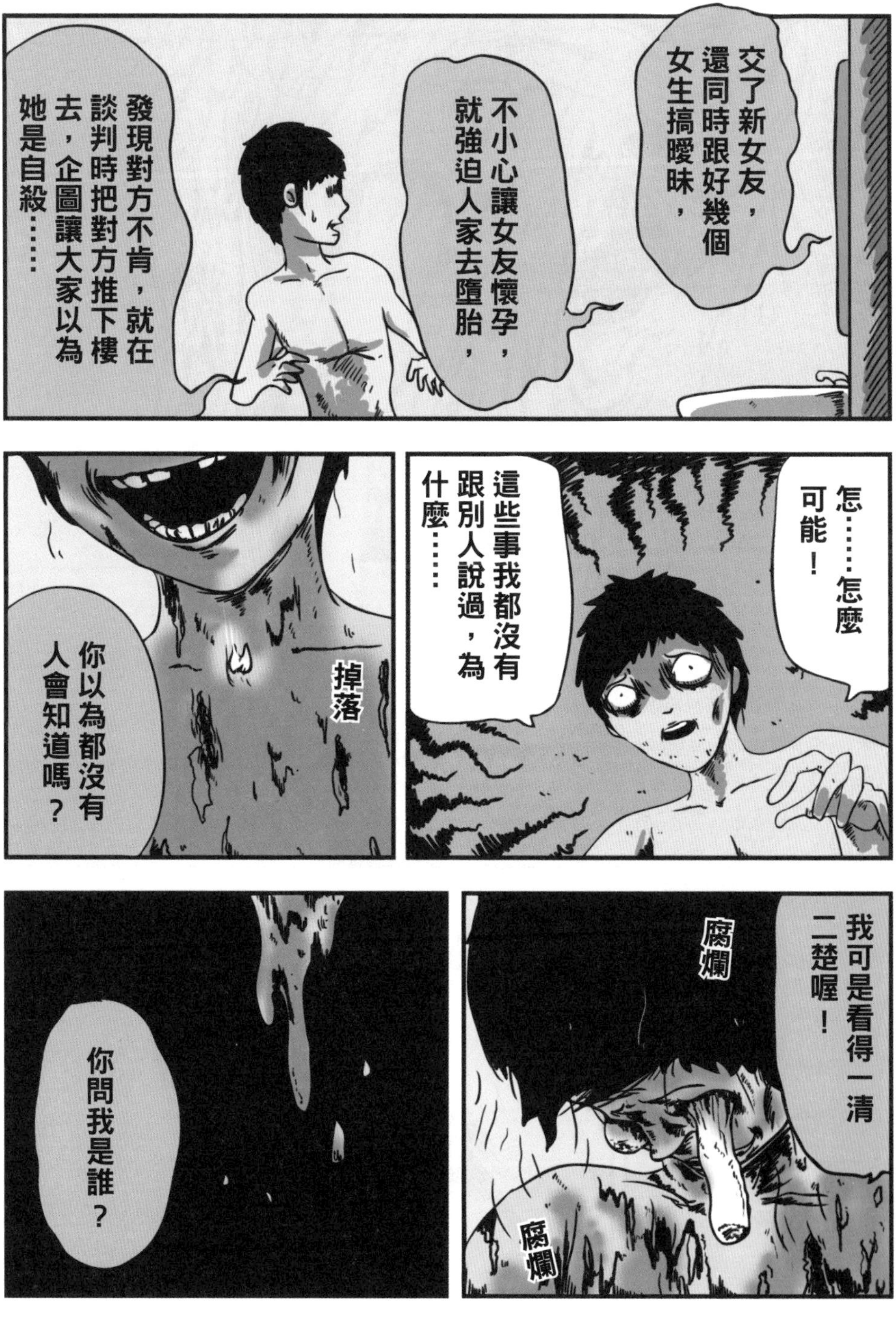
交了新女友，還同時跟好幾個女生搞曖昧，
不小心讓女友懷孕，就強迫人家去墮胎，
發現對方不肯，就在談判時把對方推下樓去，企圖讓大家以為她是自殺……
怎……怎麼可能！
這些事我都沒有跟別人說過，為什麼……
掉落
你以為都沒有人會知道嗎？
我可是看得一清二楚喔！
腐爛
腐爛
你問我是誰？

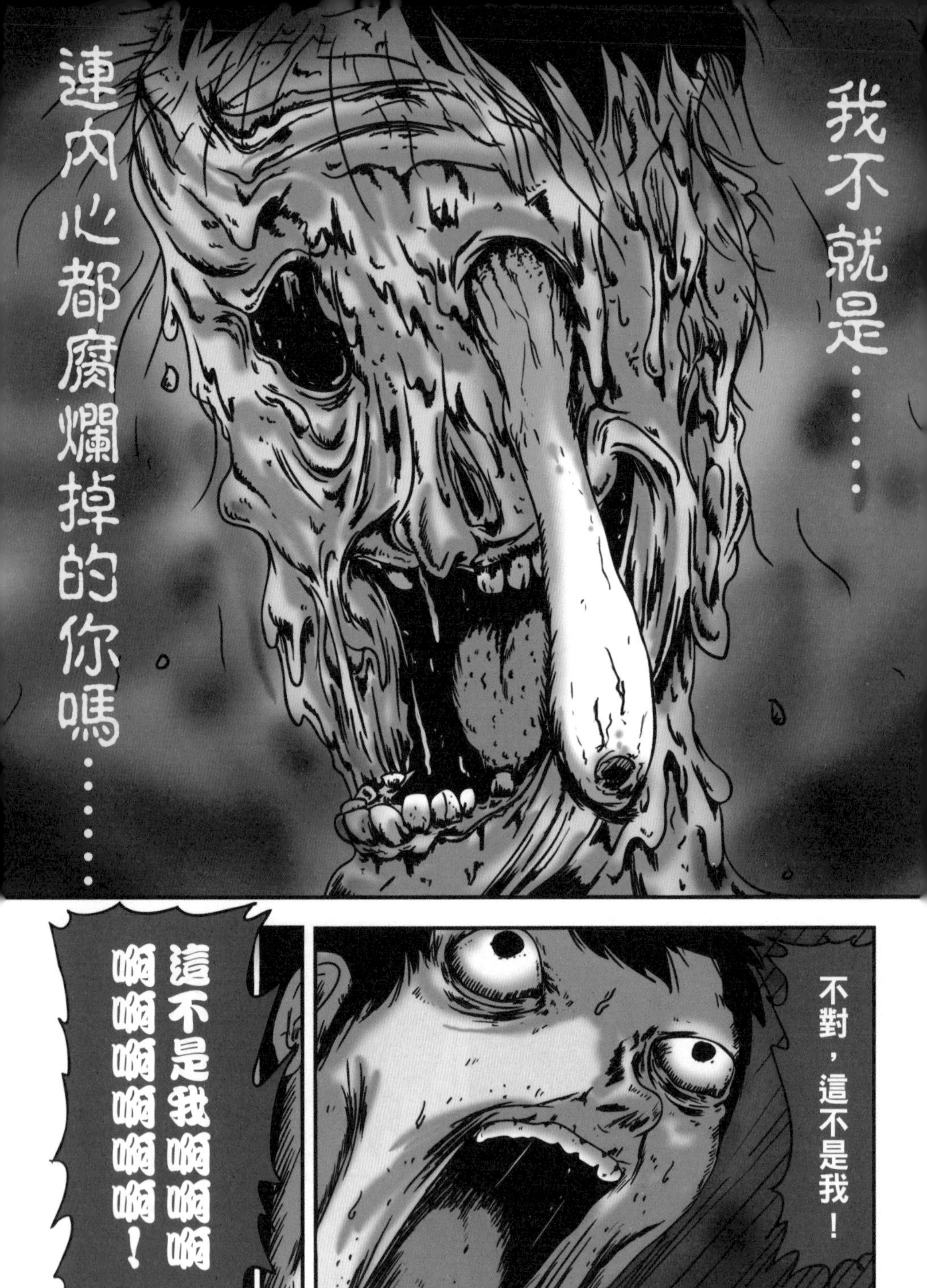
我不就是……
連內心都腐爛掉的你嗎……
不對，這不是我！
這不是我啊啊啊啊啊啊啊啊啊！

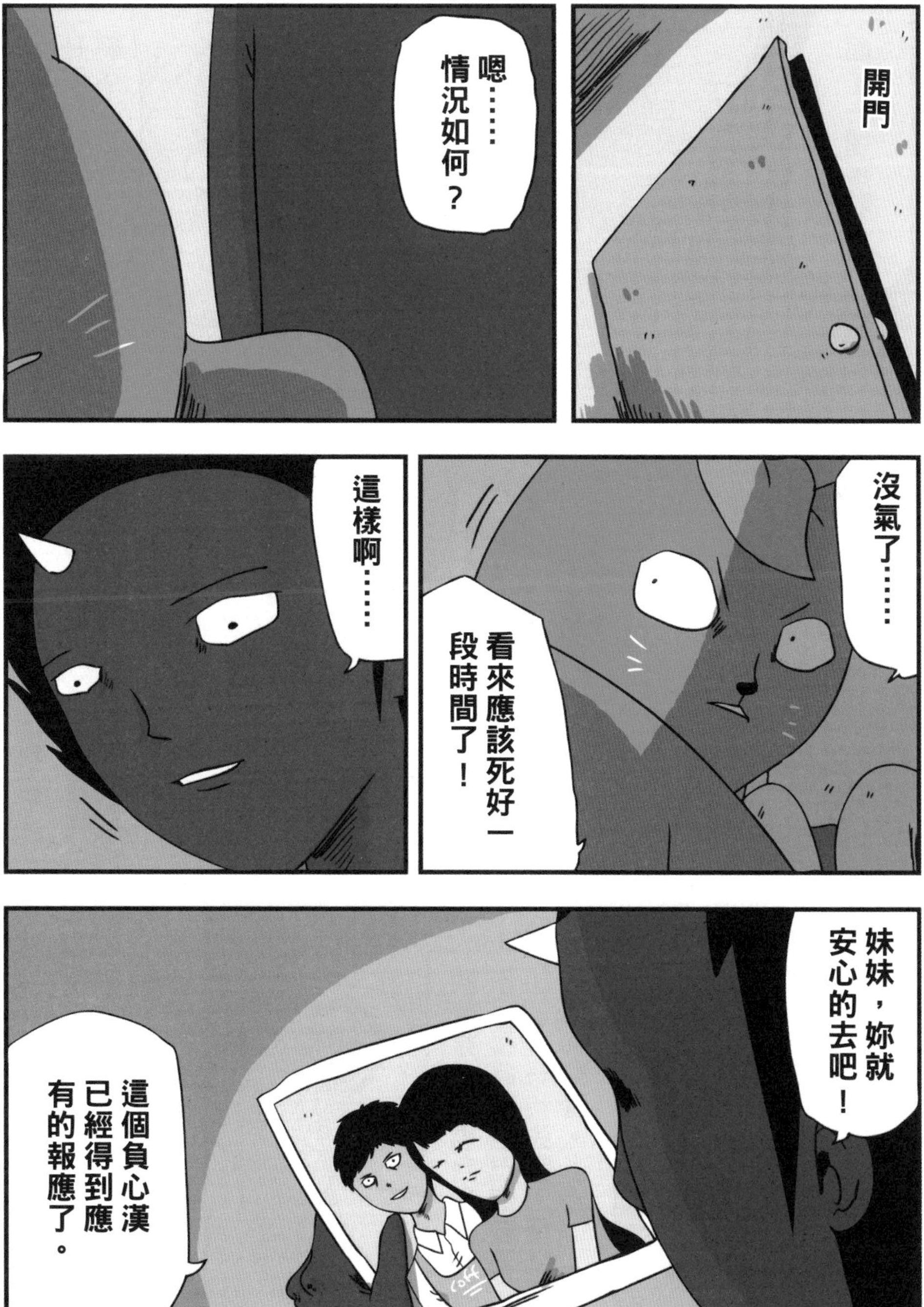
開門
嗯……情況如何？
沒氣了……
看來應該死好一段時間了！
這樣啊……
妹妹，妳就安心的去吧！
這個負心漢已經得到應有的報應了。

不過，這到底是個什麼樣的詛咒遊戲啊？
這並不是遊戲，
而是一場實驗！
格式塔崩壞（Gestalt）
當人的眼睛重複盯著一個字或詞看，久了之後會出現短暫性不認識該字或該詞的現象。
美男子
以腦科學角度來說，這是因為短時間接受太多重複性刺激，大腦神經活動受到抑制、注意力開始轉移。
實驗者若本身有妄想傾向、疑心病重，或有潛在性思考、感官障礙的人，
就會非常容易自我催眠暗示，長時間自己嚇自己，加重疲勞和失眠，慢慢導致情緒障礙。

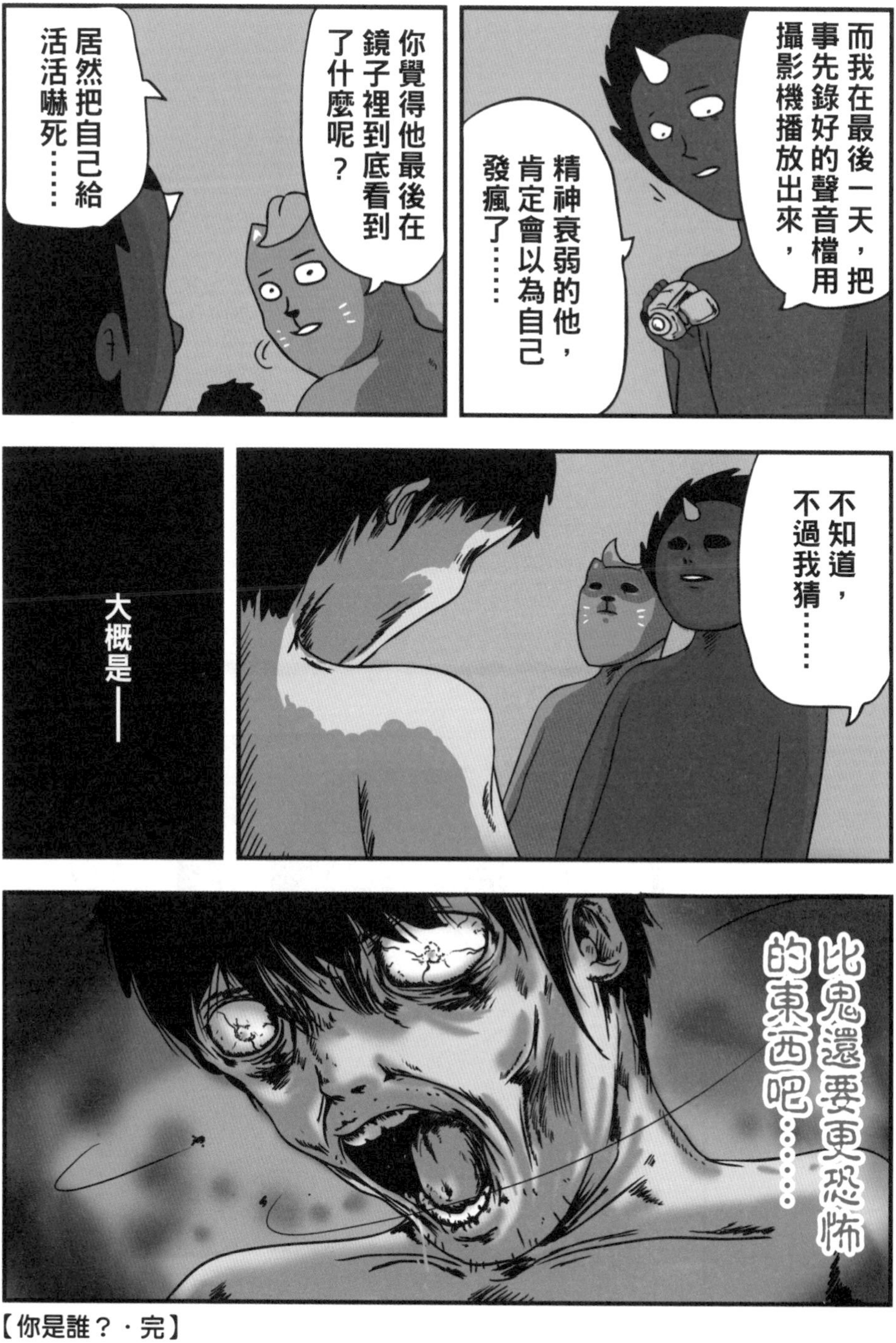
而我在最後一天，把事先錄好的聲音檔用攝影機播放出來，
精神衰弱的他，肯定會以為自己發瘋了……
你覺得他最後在鏡子裡到底看到了什麼呢？
居然把自己給活活嚇死……
不知道，不過我猜……
大概是——
比鬼還要更恐怖的東西吧……

【你是誰？・完】

每天對著鏡中的自己說你很帥！
三十天後將發現，你變得很會說謊。

進門鬼

這個叫作「進門鬼」的遊戲……
雖然說是簡單的開門遊戲，
但是為什麼非要到廚房這邊玩呢？

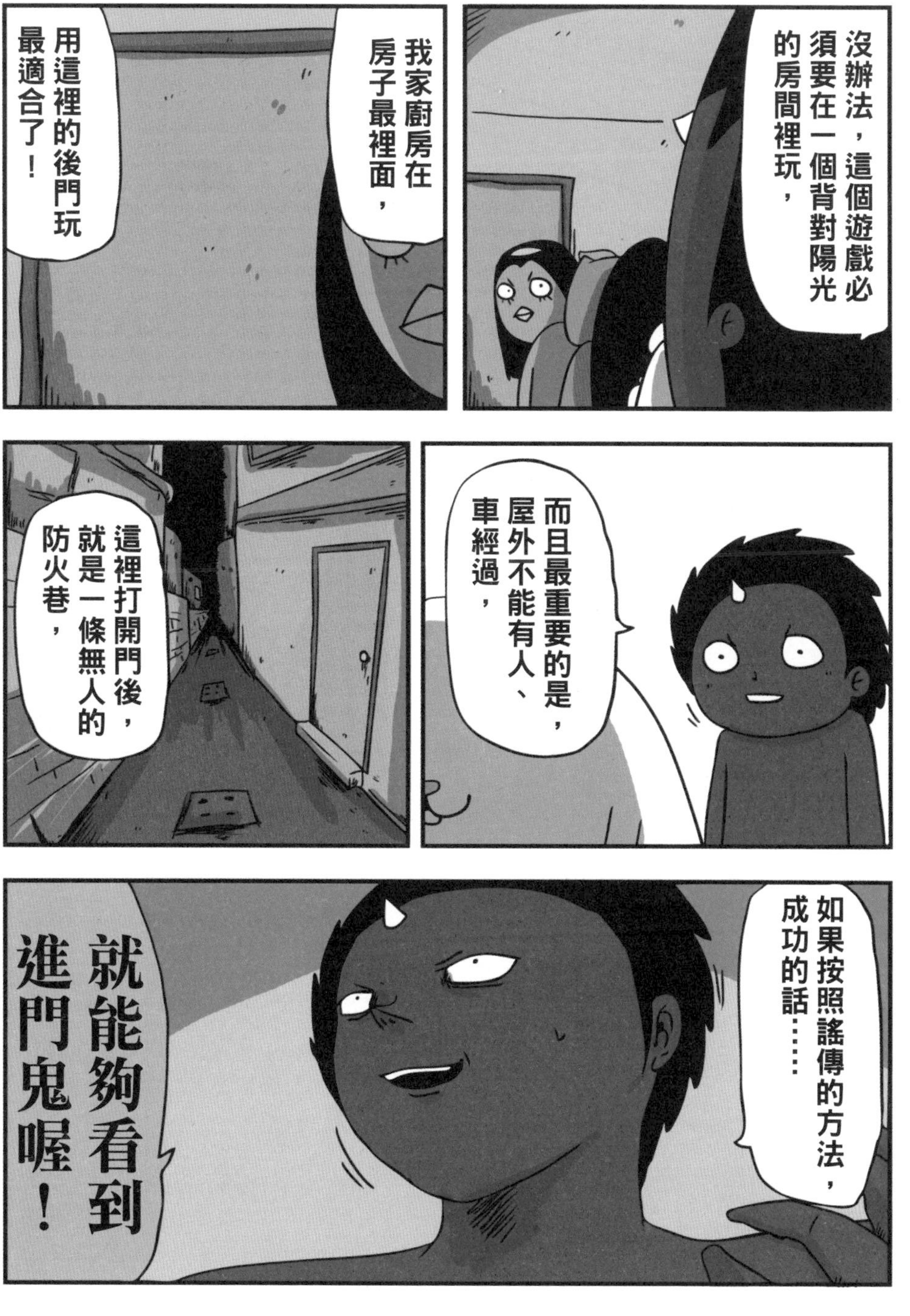
沒辦法，這個遊戲必須要在一個背對陽光的房間裡玩，
我家廚房在房子最裡面，
用這裡的後門玩最適合了！
而且最重要的是，屋外不能有人、車經過，
這裡打開門後，就是一條無人的防火巷，
如果按照謠傳的方法成功的話……
就能夠看到進門鬼喔！

遊戲方法也很簡單：按照我們排隊的順序，
首先，第一個人先開門走出屋外，
嘰咿～
將門關上後，
碰！
面對著門，慢慢的默數十下。
數完後，再敲門三下，表示要進門。
叩！
叩！
叩！
這時，待在屋內的第二個人負責打開門，
讓屋外的人進來。

等外面的人進來後，開門的人再出去，
回來的人則排到最後方。依此類推，一直玩下去。
可是，「進門鬼」到底是什麼啊？
有人說，
那是每個人前世的罪孽！
人出生之後，身上都會跟著一個上輩子所欠下的罪孽，
一直附身在大家背後。

罪孽？
是啊！
好比妳上輩子不斷地欺負狗，
造成無法彌補的傷害，
那麼當別人幫妳開門時，就會看見妳的背後——
依附著動物的怨靈……
了解之後，就要提醒對方，這輩子要對那些人事物好一點，
才能夠彌補前世的罪過啊！
關門囉！

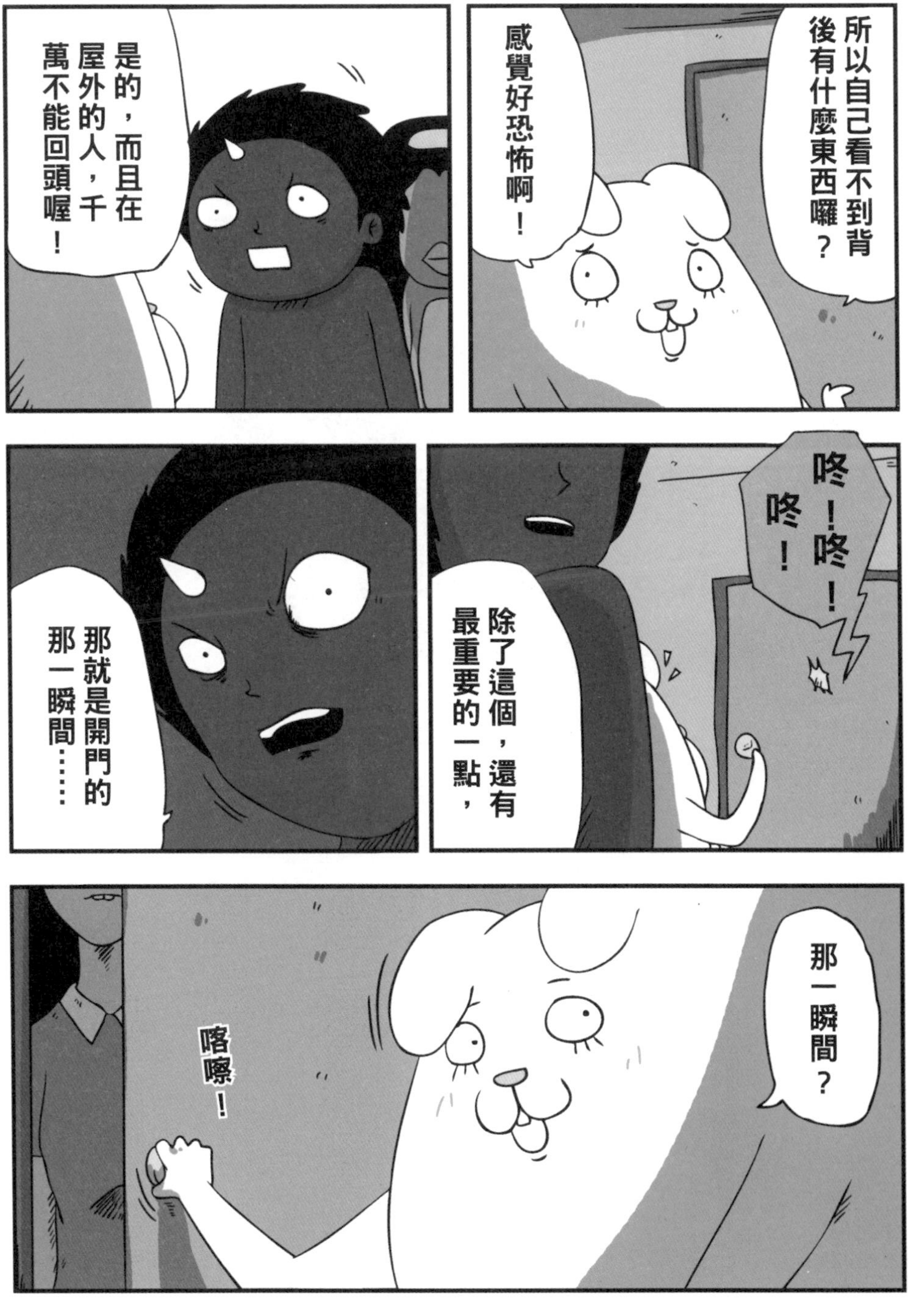
所以自己看不到背後有什麼東西囉？
感覺好恐怖啊！
是的，而且在屋外的人，千萬不能回頭喔！
咚！咚！咚！
除了這個，還有最重要的一點，
那就是開門的那一瞬間……
那一瞬間？
喀嚓！

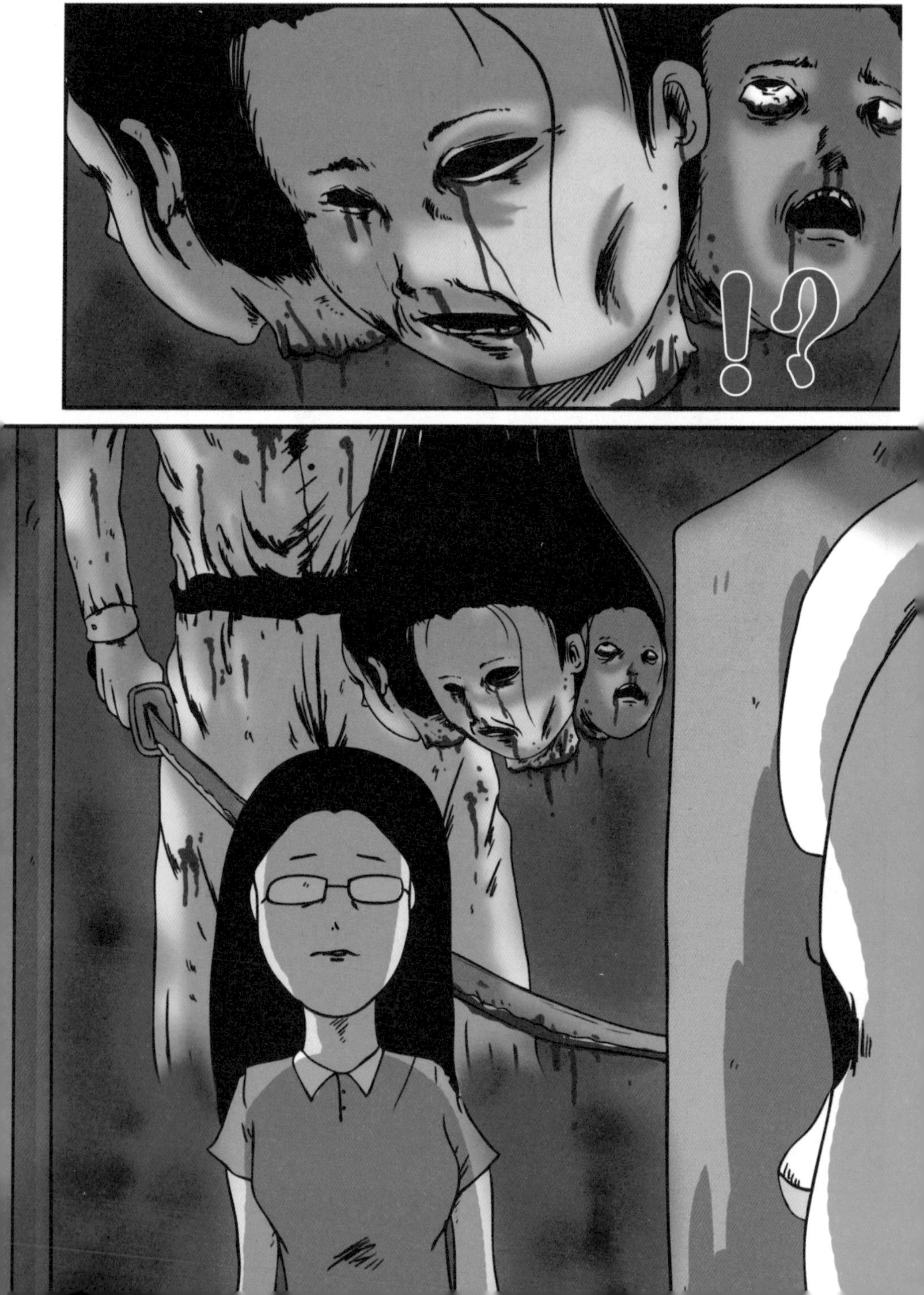

哇啊啊啊啊!!!
呼~
你們……剛剛有看到嗎?
碰!
大力關上
那是提著人頭的日本兵吧?
沒想到真的出現了……
嗯啊!我也嚇了一大跳耶!

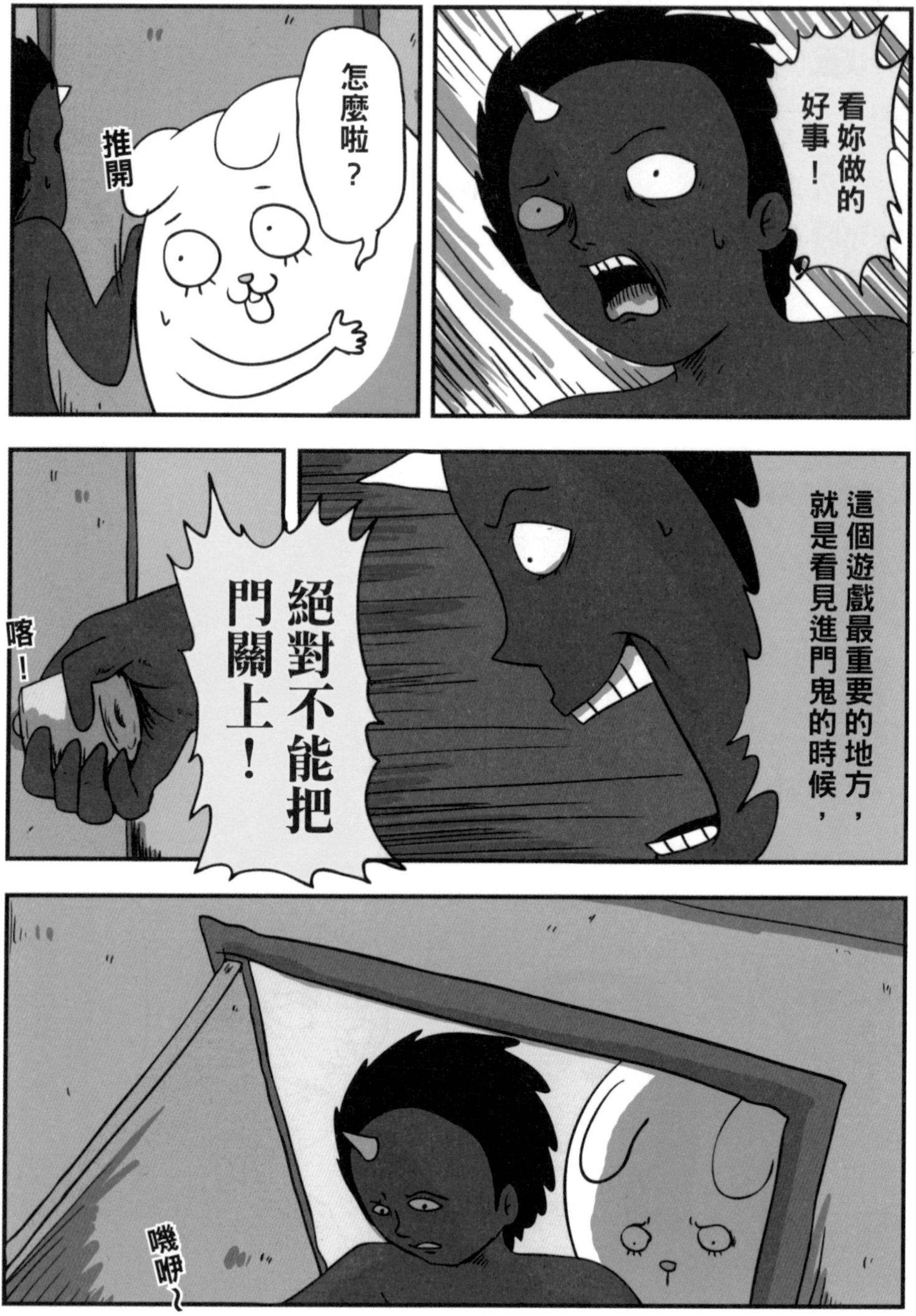
看妳做的好事！
怎麼啦？
推開
這個遊戲最重要的地方，就是看見進門鬼的時候，
絕對不能把門關上！
喀！
嘰咿～

打開門後，外面什麼都沒有……
那個戴眼鏡的女孩，就這樣消失在暗夜的防火巷中……
【進門鬼・完】

絕對不能把門關上！
最後發現她滿臉鮮血的躺在門後面。

血腥瑪麗

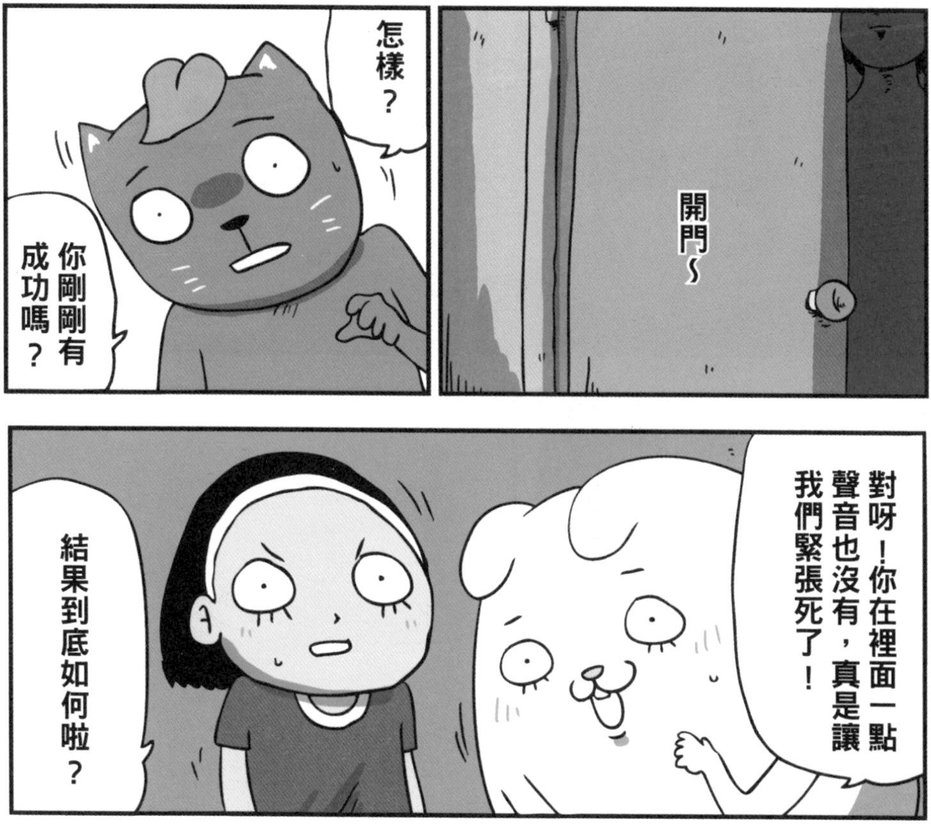
怎樣？
你剛剛有成功嗎？
開門~
結果到底如何啦？
對呀！你在裡面一點聲音也沒有，真是讓我們緊張死了！

到底有沒有成功的召喚出……
血腥瑪麗？
我剛剛……真的成功了……
跟傳說中的一樣，鏡子裡出現了一位表情恐怖的女人……
真的假的?!我剛才都沒有召喚出來耶！
然後呢？
我向她許了個願望……
什麼願望？

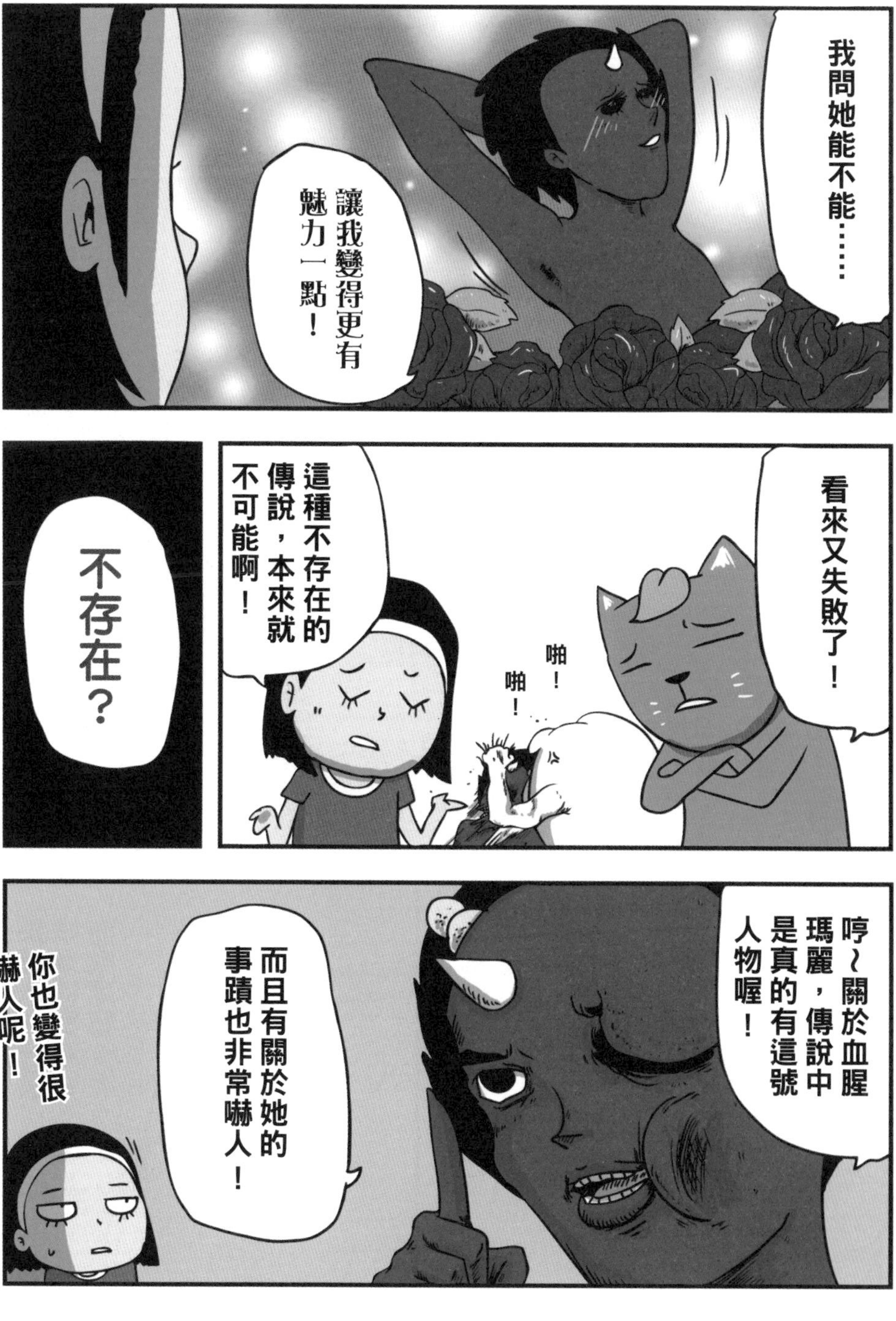
我問她能不能……
讓我變得更有魅力一點！
看來又失敗了！
啪！
啪！
這種不存在的傳說，本來就不可能啊！
不存在？
哼～關於血腥瑪麗，傳說中是真的有這號人物喔！
而且有關於她的事蹟也非常嚇人！
你也變得很嚇人呢！

傳說中世紀的歐洲有位美豔的瑪麗伯爵夫人，其美貌幾乎令所有見過她的青年紳士們為之瘋狂。
更讓人吃驚的是，她的豔麗外貌竟然維持了將近五十年之久，時間彷彿在她身上凍結，一點也看不出來老態！
那麼，為什麼她會被稱為「血腥瑪麗」呢？
因為她恐怖的保養方式！
蛤？

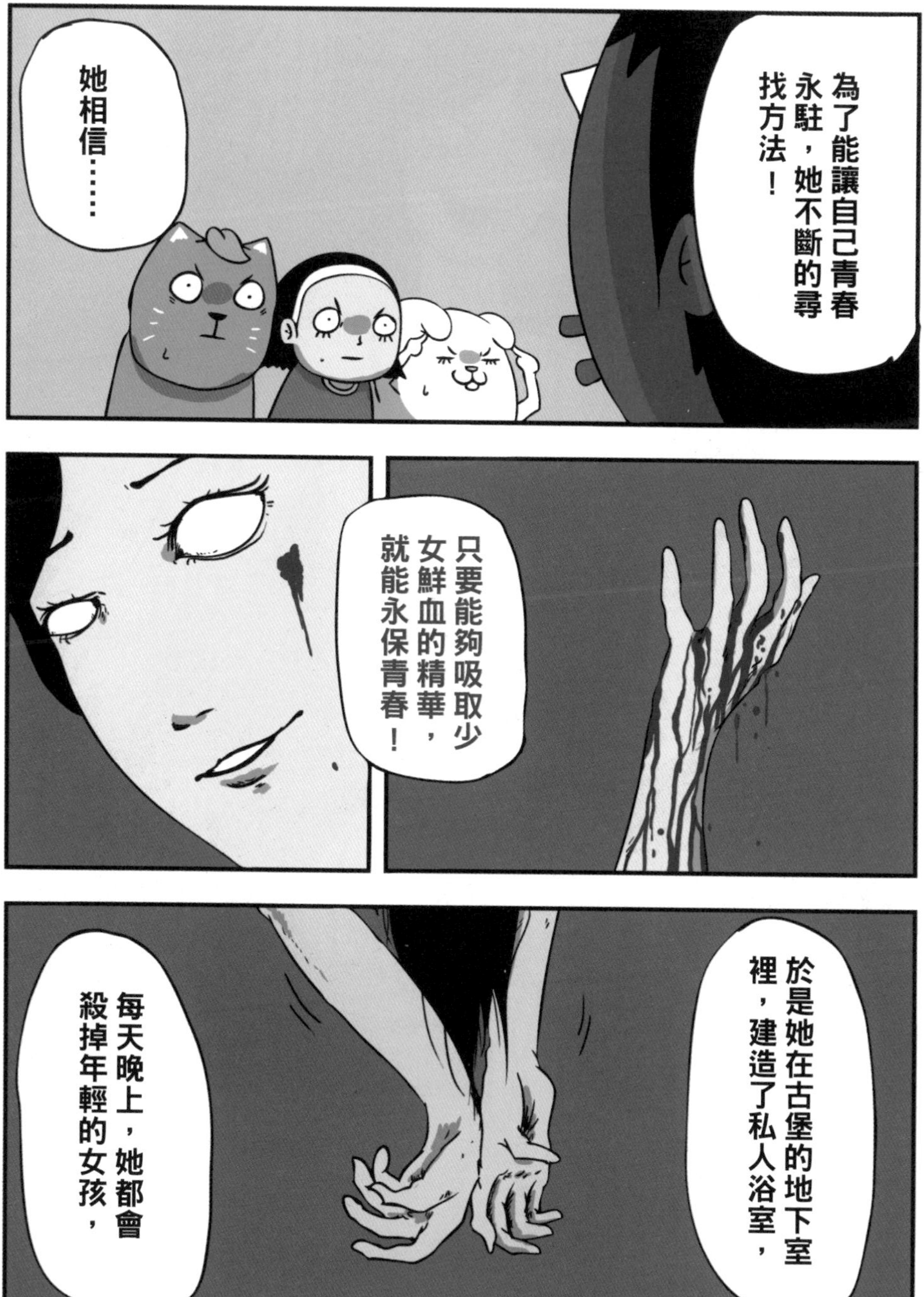
為了能讓自己青春永駐，她不斷的尋找方法！
她相信……
只要能夠吸取少女鮮血的精華，就能永保青春！
於是她在古堡的地下室裡，建造了私人浴室，
每天晚上，她都會殺掉年輕的女孩，

沐浴在她們
的鮮血裡……

女生為了變漂亮，真是無所不用其極啊！
還不是因為你們男生都愛年輕的！
好殘忍啊！
不只如此，她還把她殺害的那些女孩屍體，
全部掩埋在浴室的地底下，
因為她相信，死去少女的魂魄，
能夠為她驅走衰老。

你們知道嗎？有一款使用伏特加、番茄汁等材料調製而成的雞尾酒，
也是因為其紅色外觀像極了鮮豔的血液，被取名為「血腥瑪麗」。
後來伯爵夫人的殘忍行徑爆發後，憤怒的群眾在古堡地下室抓到她，
將當時已經高齡七十多歲的伯爵夫人，
活活的……
燒死在浴室裡……

從此之後，傳聞只要在浴室裡召喚出她的靈魂，
她就會為你實現任何的願望喔！
好吧！那我也來試試看！
不要啦！好危險的感覺喔！
開門
沒事的啦！
血腥瑪麗沒那麼容易召喚出來的啦！
況且……
要是真的成功，妳還可以許願呢！

好~我準備開始囉！
召喚血腥瑪麗的方法很簡單。
首先，要關電燈、鎖門。
準備好兩根蠟燭，
接著一個人進入浴室裡，
面對著鏡子，

在鏡子的兩邊，各點上一根蠟燭，
這樣基本的儀式就完成了。
呼……
接下來就是閉上眼睛，
慢慢唸出她的名字……
血腥瑪麗……
血腥瑪麗……
血腥瑪麗……

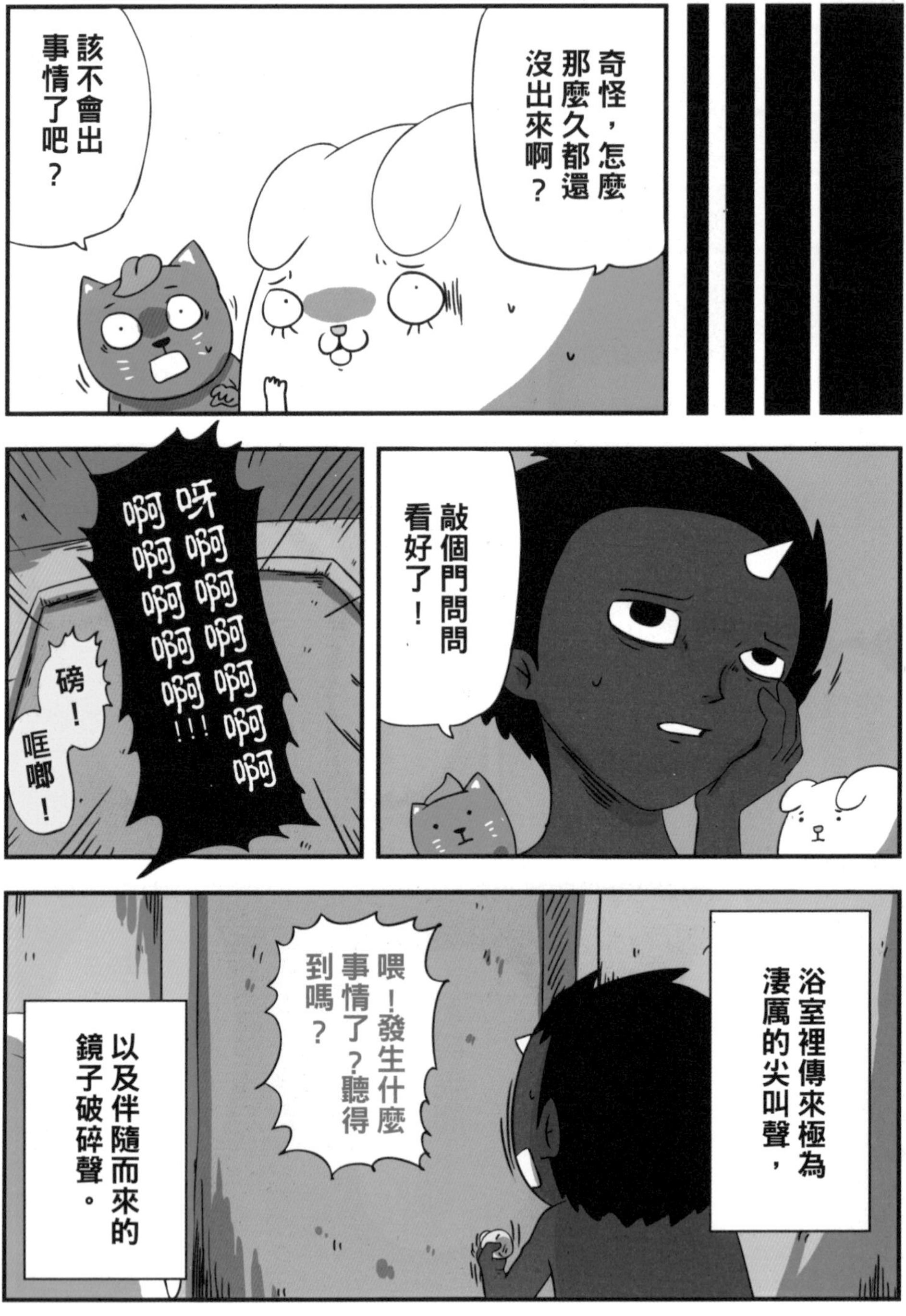
奇怪，怎麼那麼久都還沒出來啊？
該不會出事情了吧？
敲個門問問看好了！
呀啊啊啊啊啊啊啊啊啊啊啊啊啊啊！！！
磅！
哐啷！
浴室裡傳來極為淒厲的尖叫聲，
喂！發生什麼事情了？聽得到嗎？
以及伴隨而來的鏡子破碎聲。

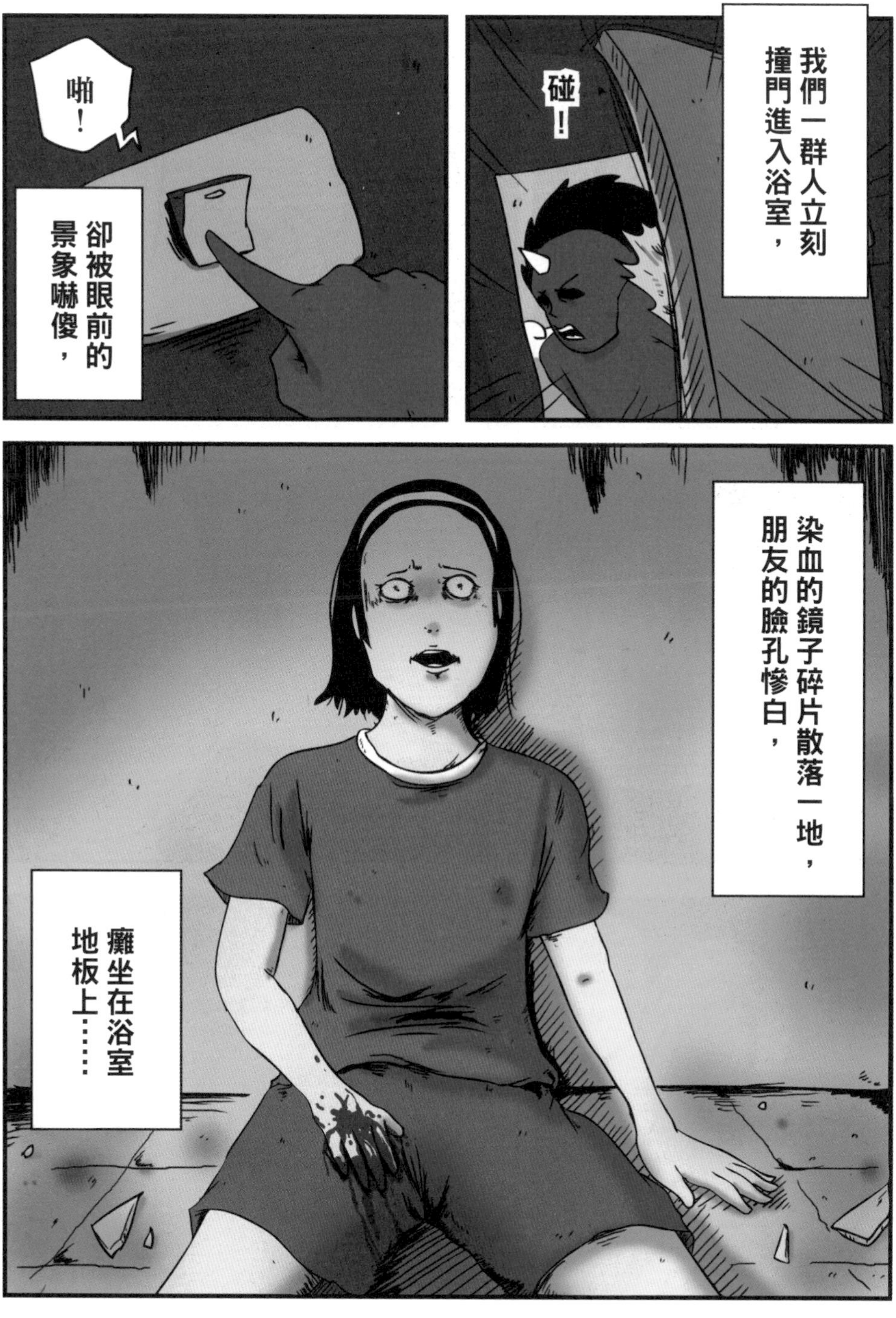
我們一群人立刻撞門進入浴室，
碰！
啪！
卻被眼前的景象嚇傻，
染血的鏡子碎片散落一地，朋友的臉孔慘白，
癱坐在浴室地板上……

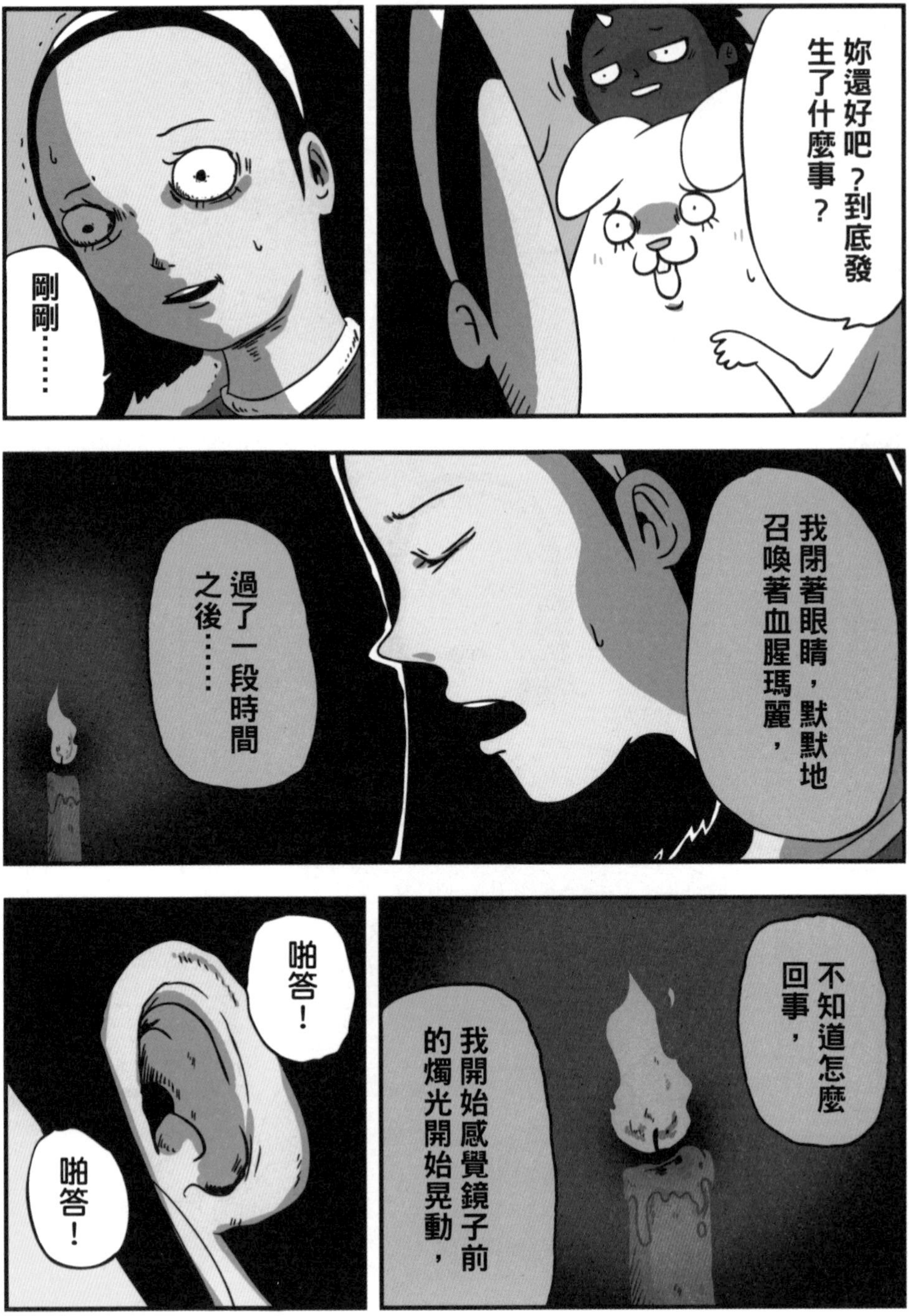
妳還好吧？到底發生了什麼事？
剛剛……
我閉著眼睛，默默地召喚著血腥瑪麗，
過了一段時間之後……
不知道怎麼回事，
我開始感覺鏡子前的燭光開始晃動，
啪答！
啪答！

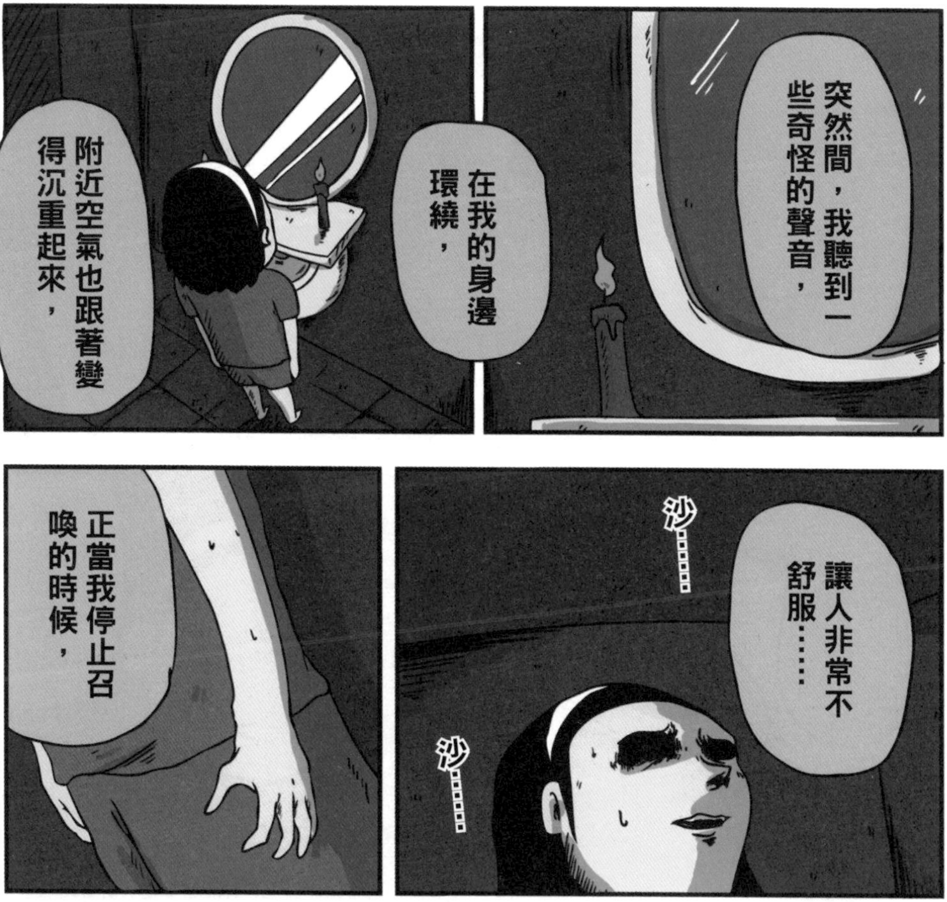
突然間，我聽到一些奇怪的聲音，
在我的身邊環繞，
附近空氣也跟著變得沉重起來，
讓人非常不舒服……
沙……
沙……
正當我停止召喚的時候，
喀嘰……
嘰……
鏡子前出現一種詭異的聲音，
那就像是……

有什麼人，
正在刮鏡子……
我鼓起勇氣，
慢慢睜開眼睛，
隨著搖曳的燭火，我清楚的看見，
浴室的鏡子……

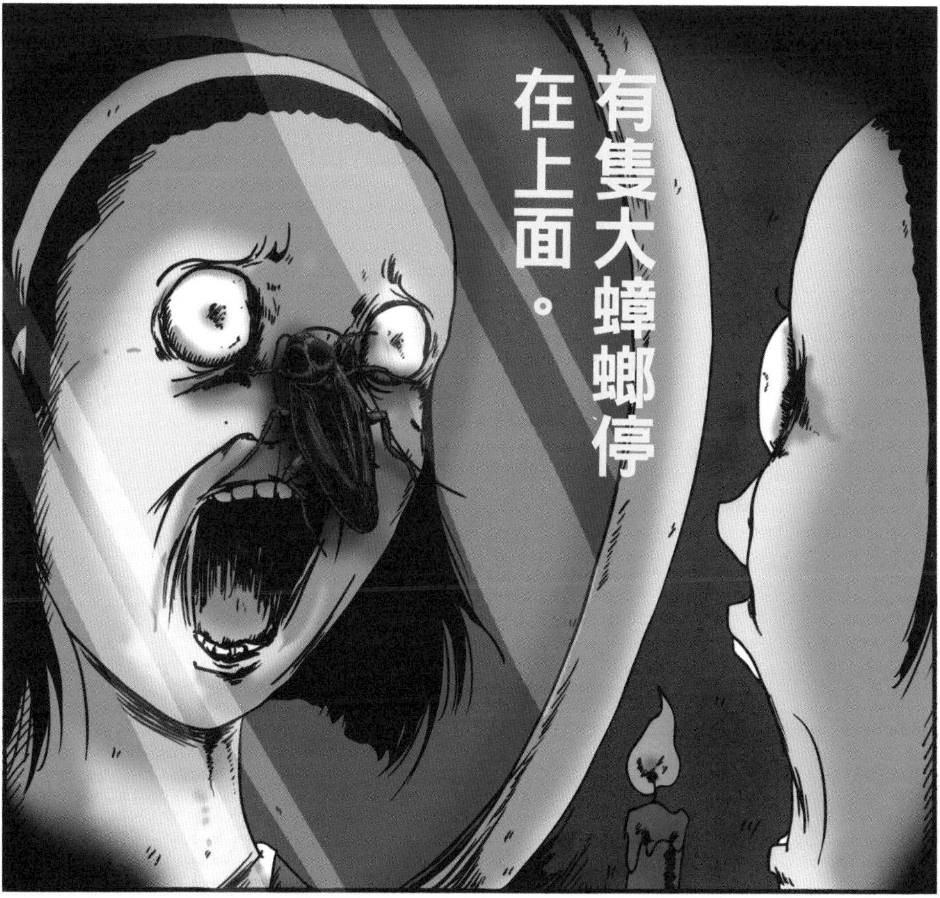

【血腥瑪麗・完】

飛起來啦！
比鬼還恐怖的事情出現啦！

一二三，木頭人

奇怪，妳今天怎麼一直在往後看啊？
對啊！上課的時候也不斷地回頭，到底在看什麼啊？
我說……
你們知道……
一二三木頭人的遊戲嗎？

這個應該大家都玩過吧？
我記得，
大概要四、五個人以上，
其中一個人當鬼，趴在牆上，
其他人則從遠處慢慢靠近鬼，
當鬼大聲喊完，
一二三木頭人！
就會立刻轉頭，所有人都必須靜止不動，
只要一動就會被鬼抓走，

接著再趴牆重新唸一次，
一直持續到有人拍到鬼的肩膀，遊戲就算結束。
大致上是這樣沒錯……
不過我要說的，
是能夠一個人玩的木頭人遊戲！
一個人怎麼玩啊？
難不成是跟鬼玩喔？
沒錯，我現在就是在跟鬼玩木頭人！

昨天晚上，我在一本舊書裡面看到的……
不倒翁跌倒了？
原來，一二三木頭人，相當於在日本流行的遊戲……
不倒翁跌倒了
不過有流傳另一種更刺激的玩法，
我想說反正閒著也是閒著，就來試試看吧！

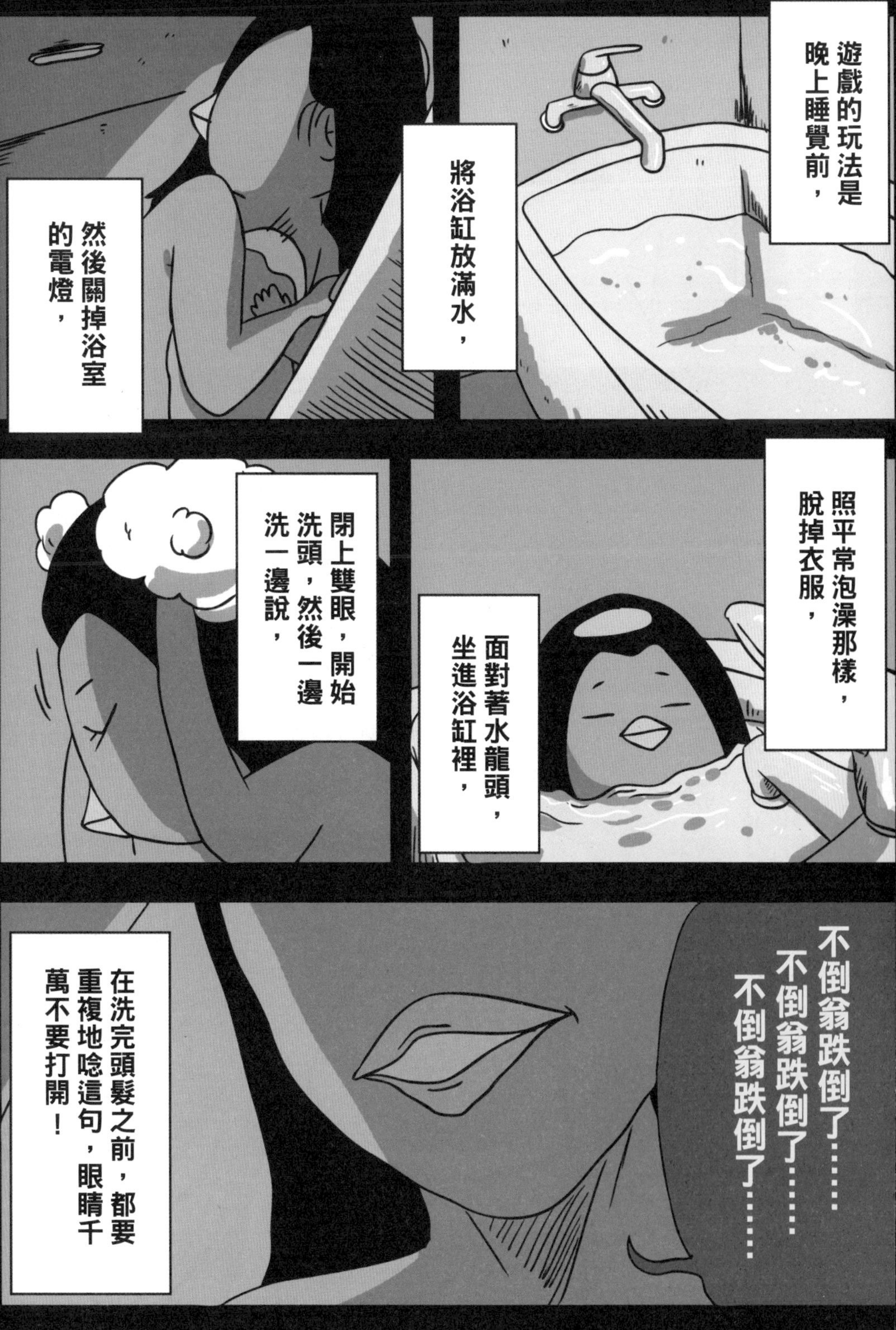
遊戲的玩法是晚上睡覺前，
將浴缸放滿水，
然後關掉浴室的電燈，
照平常泡澡那樣，脫掉衣服，
面對著水龍頭，坐進浴缸裡，
閉上雙眼，開始洗頭，然後一邊洗一邊說，
不倒翁跌倒了……不倒翁跌倒了……不倒翁跌倒了……
在洗完頭髮之前，都要重複地唸這句，眼睛千萬不要打開！

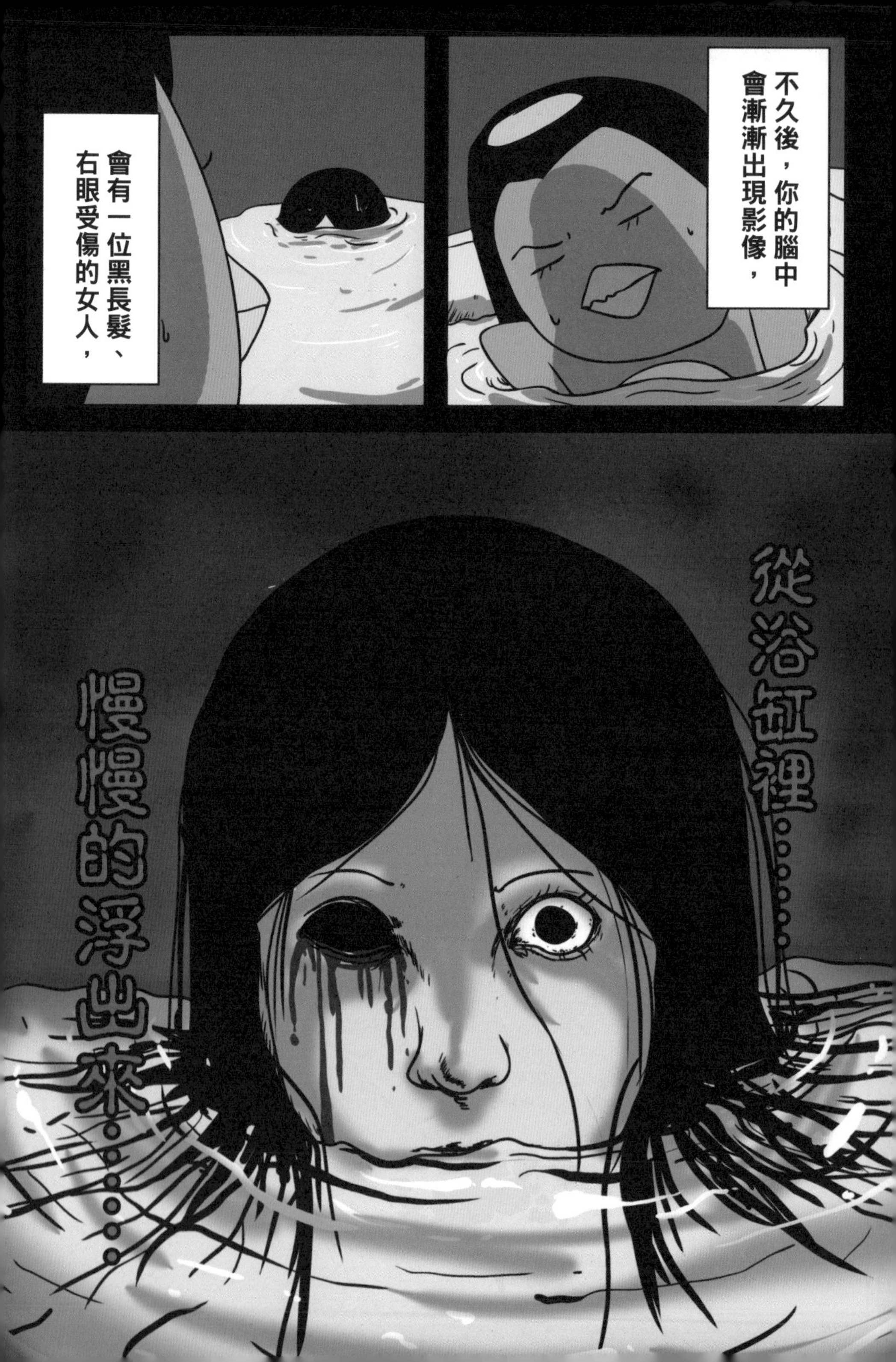
不久後，你的腦中會漸漸出現影像，
會有一位黑長髮、右眼受傷的女人，
從浴缸裡……
慢慢的浮出來……

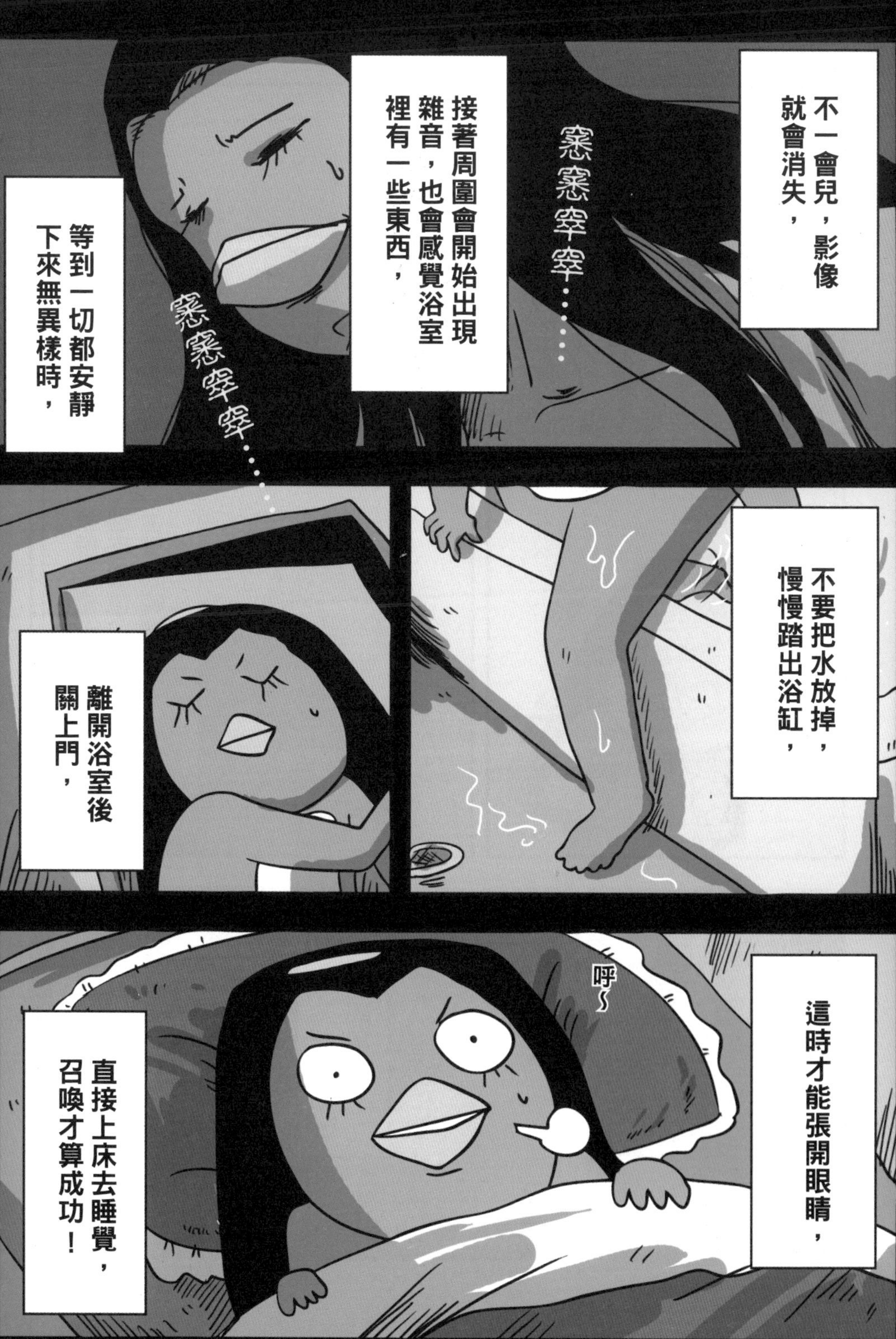
不一會兒，影像就會消失，
窸窸窣窣……
接著周圍會開始出現雜音，也會感覺浴室裡有一些東西，
窸窸窣窣……
等到一切都安靜下來無異樣時，
不要把水放掉，慢慢踏出浴缸，
離開浴室後關上門，
這時才能張開眼睛，
呼~
直接上床去睡覺，召喚才算成功！

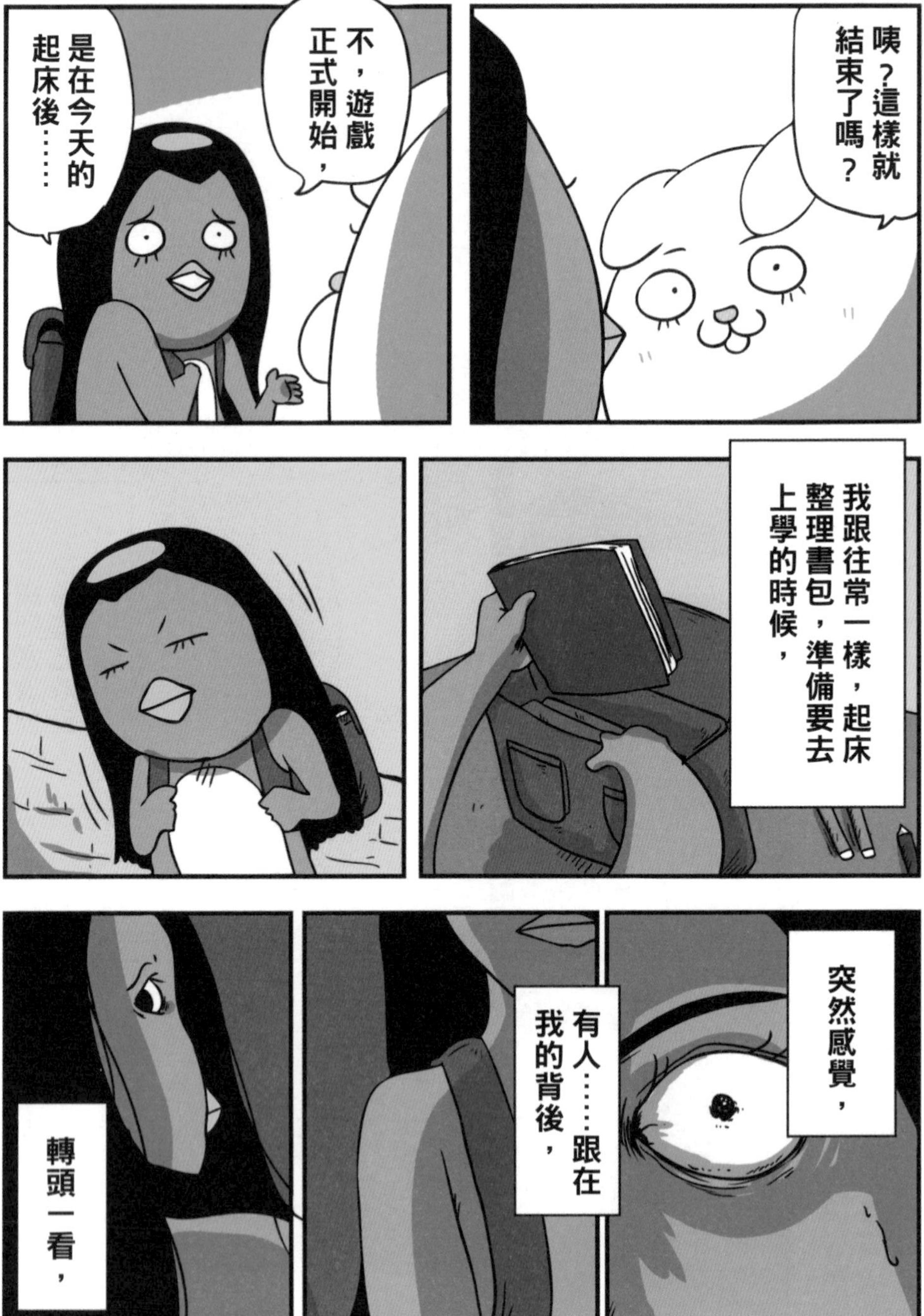
咦？這樣就結束了嗎？
不，遊戲正式開始，
是在今天的起床後……
我跟往常一樣，起床整理書包，準備要去上學的時候，
突然感覺，
有人……跟在我的背後，
轉頭一看，

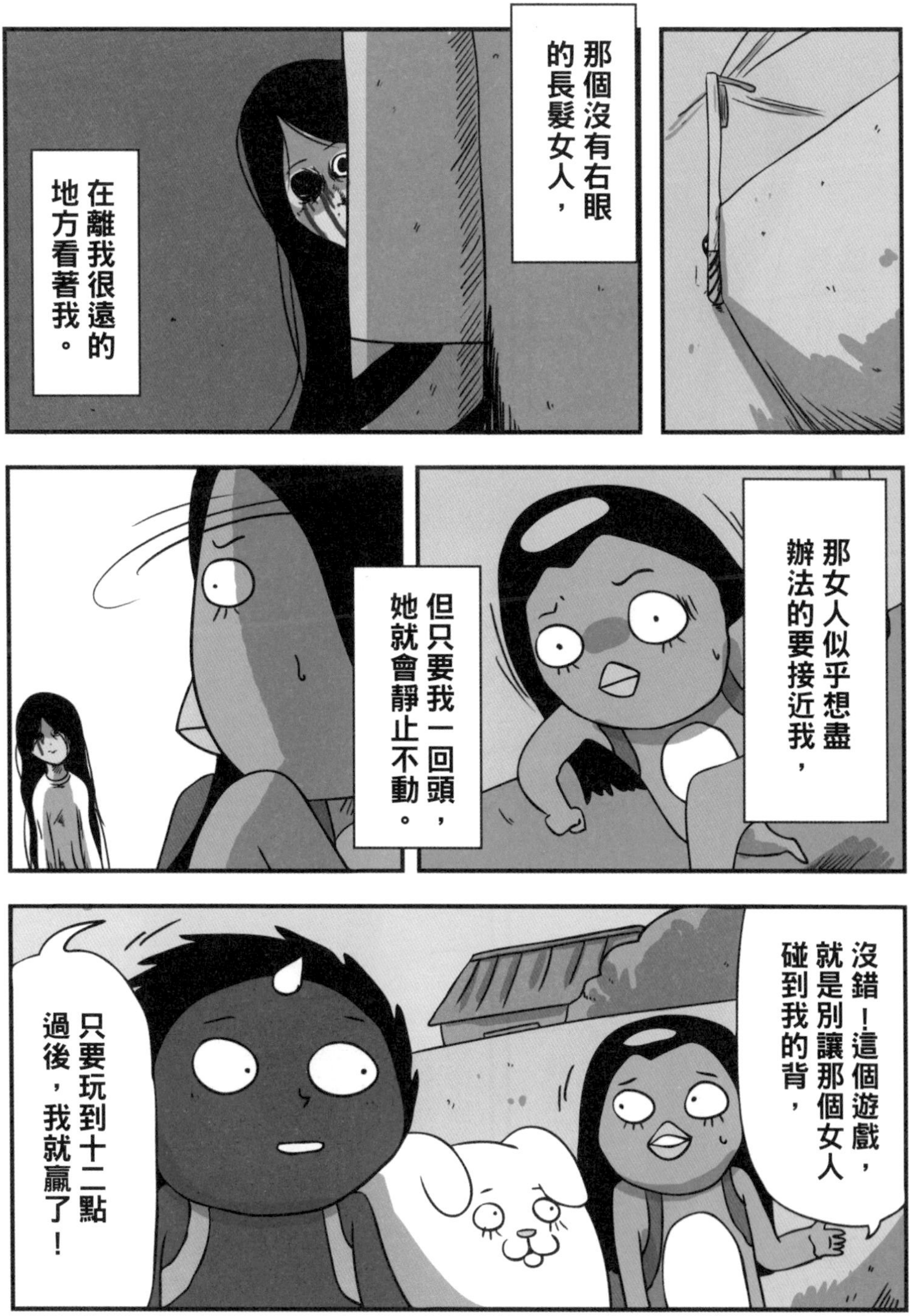
那個沒有右眼的長髮女人，
在離我很遠的地方看著我。
那女人似乎想盡辦法的要接近我，
但只要我一回頭，她就會靜止不動。
沒錯！這個遊戲，就是別讓那個女人碰到我的背，
只要玩到十二點過後，我就贏了！

好像很容易嘛！
妳可以趁她靜止不動的時候，跑遠一點就好啦！
我本來也是這麼認為，
但是每次轉頭，那女人……
接近的速度似乎越來越快，姿勢也越來越詭異！
我現在很害怕，書中只有提到獲勝的條件，
卻沒有說被拍到肩膀後會怎麼樣……
感覺……隨時會被抓走的樣子……
別這樣啦！

不然今天我跟阿慢一起去妳家……
咦？
才一轉頭，朋友就這麼平空消失了……
究竟輸掉遊戲後會發生什麼事情呢？我想只有玩過的人才知道吧……

【一二三，木頭人．完】

後記

我活下來了……
又一次從地獄中活下來了……

百鬼夜行誌
@UIQ2285R

歡迎大家加我好友，跟我聊天喔！

這次因為加上連載線上漫畫的關係，時間壓縮得超緊迫！能夠完成本書，連我都很驚訝！感謝老天我又活下來了！

想跟大家説的話

沒想到我又再度推出鬼故事漫畫啦～
非常感謝購買《百鬼夜行誌》【幽遊卷】的你！

最後還是要提醒鐵齒的你：
真的不要輕易嘗試書中的禁忌遊戲！
俗話說得好，
「請神容易送神難！」

萬一從遊戲中召喚出你無法想像的東西，
到時候真的是後悔也來不及了……

喜歡這次的故事嗎？

那麼，我們下一本書再見囉！

謝謝你鼓起勇氣、耐心看到最後這一頁，也歡迎上網搜尋「百鬼夜行誌 Black Comedy」，看更多恐怖搞笑的鬼故事喔！若你有什麼話或不可思議的經歷想對阿慢說，歡迎來信 hiphop200177@gmail.com，或上粉絲團幫我加油打氣！也可以加入LINE生活圈帳號：[illegible] 掌握最新消息！

Fun 系列 014

百鬼夜行誌【幽遊卷】

作　者─阿慢
主　編─陳信宏
責任編輯─尹蘊雯
責任企畫─曾睦涵
美術協力─我我設計工作室wowo.design@gmail.com

總 編 輯─李采洪
董 事 長─趙政岷
出 版 者─時報文化出版企業股份有限公司
一〇八〇一九　臺北市和平西路三段二四〇號三樓
發行專線─（〇二）二三〇六六八四二
讀者服務專線─（〇八〇〇）二三一七〇五．（〇二）二三〇四七一〇三
讀者服務傳真─（〇二）二三〇四六八五八
郵撥─一九三四四七二四　時報文化出版公司
信箱─一〇八九九臺北華江橋郵局第九九信箱
時報悅讀網─http://www.readingtimes.com.tw
電子郵件信箱─newlife@readingtimes.com.tw
時報出版愛讀者粉絲團─http://www.facebook.com/readingtimes.2
法律顧問─理律法律事務所　陳長文律師、李念祖律師
印　刷─和楹印刷股份有限公司
初版一刷─二〇一五年八月二十一日
初版十五刷─二〇二四年九月十二日
定　價─新台幣二六〇元
（若有缺頁或破損，請寄回更換）

時報文化出版公司成立於一九七五年，
並於一九九九年股票上櫃公開發行，於二〇〇八年脫離中時集團非屬旺中，
以「尊重智慧與創意的文化事業」為信念。

百鬼夜行誌【幽遊卷】/阿慢 著;
-- 初版. 一 臺北市 : 時報文化, 2015.08
面 ;　公分. -- (FUN ; 014)

ISBN 978-957-13-6343-1(平裝)
857.63　　104012855

ISBN 978-957-13-6343-1
Printed in Taiwan